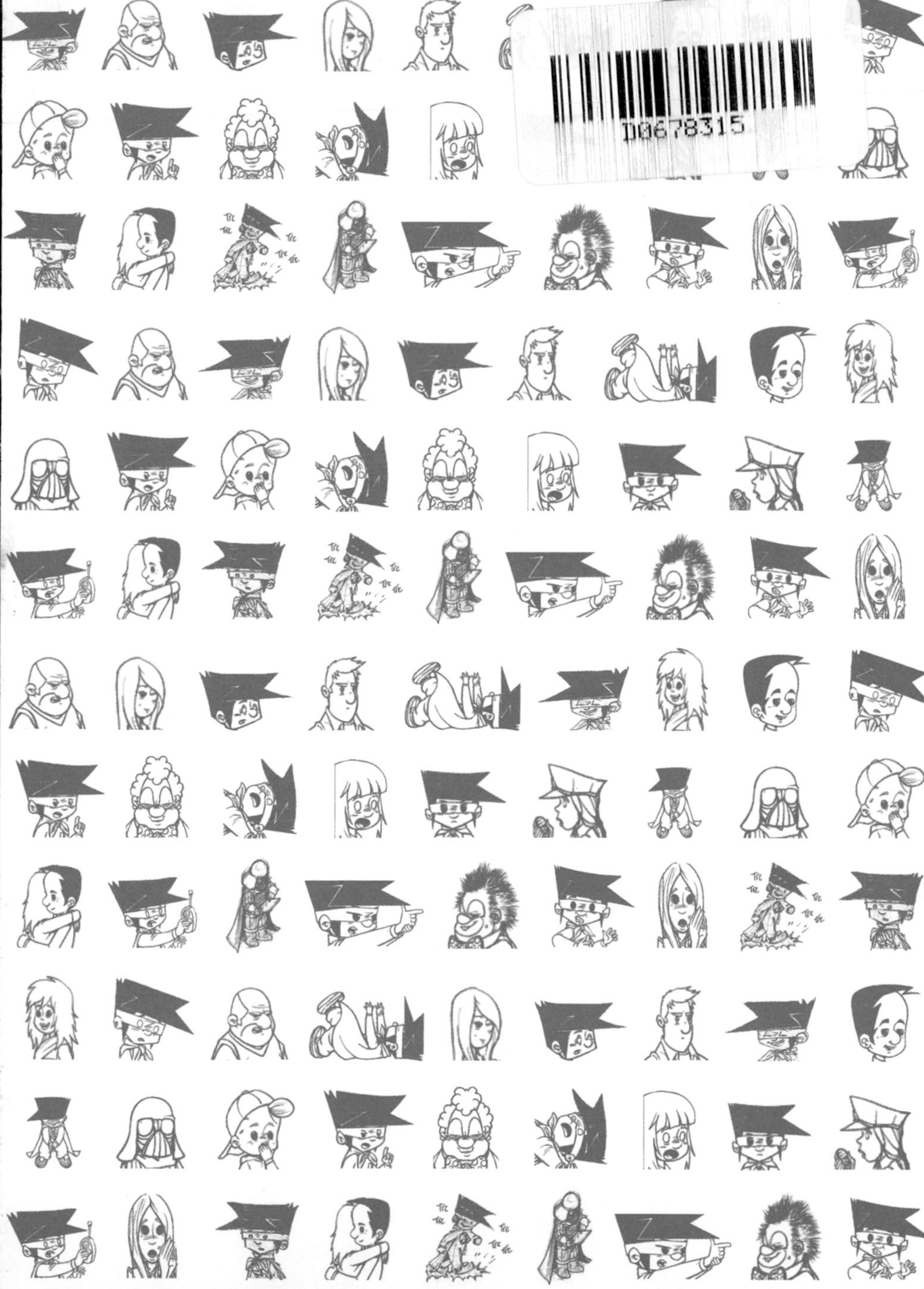

CAPITAINE STATIC

LA BANDE DES TROIS

Des mêmes créateurs aux Éditions Québec Amérique

SÉRIE CAPITAINE STATIC

Capitaine Static 4 – Le Maître des Zions, bande dessinée, 2010.
- **Finaliste au prix Tamarack 2012**

Capitaine Static 3 – L'Étrange Miss Flissy, bande dessinée, 2009.
- **Finaliste au prix Joe Schuster (Canada)**
- **3e position au Palmarès Communication Jeunesse 2010-2011**
- **Sélection 2011 de La revue des livres pour enfants (Bibliothèque nationale de France)**

Capitaine Static 2 – L'Imposteur, bande dessinée, 2008.
- **Finaliste au prix Bédélys Jeunesse 2009**
- **4e position au palmarès Communication-Jeunesse 2009-2010**

Capitaine Static 1, bande dessinée, 2007.
- **Lauréat du prix Hackmatack, Le choix des jeunes, 2009**
- **Prix du livre Distinction Tamarack 2009**
- **2e position au palmarès Communication-Jeunesse 2008-2009**
- **Finaliste au prix Bédélys Jeunesse 2008**
- **Finaliste au prix Réal-Fillion du Festival de la bande dessinée francophone de Québec 2008**
- **Finaliste au prix Bédéis Causa 2008**
- **Finaliste au prix du livre jeunesse de la Ville de Montréal 2008**

Du même auteur

Les Merveilleuses Jumelles W., roman, 2012.
Le Chat de garde, roman, 2010.
Récompense promise : un million de dollars, roman, 2008.

Alain M. Bergeron et Sampar

CAPITAINE TATIC

LA BANDE DES TROIS

Québec Amérique

Catalogage avant publication de Bibliothèque et Archives nationales
du Québec et Bibliothèque et Archives Canada

Bergeron, Alain M.
Capitaine Static. 5, La bande des trois
Bandes dessinées.
Pour les jeunes.

ISBN 978-2-7644-1318-0 (Version imprimée)
ISBN 978-2-7644-1386-9 (PDF)
ISBN 978-2-7644-1736-2 (EPUB)

I. Sampar. II. Titre. III. Titre: Bande des trois.
PN6734.C355B47 2012   j741.5'971   C2012-940910-3

 Conseil des Arts   Canada Council
du Canada   for the Arts

SODEC
Québec ✚✚ ✚✚

Nous reconnaissons l'aide financière du gouvernement du Canada par
l'entremise du Fonds du livre du Canada pour nos activités d'édition.

Gouvernement du Québec – Programme de crédit d'impôt pour
l'édition de livres – Gestion SODEC.

Les Éditions Québec Amérique bénéficient du programme de subvention
globale du Conseil des Arts du Canada. Elles tiennent également à
remercier la SODEC pour son appui financier.

Québec Amérique
329, rue de la Commune Ouest, 3ᵉ étage
Montréal (Québec) H2Y 2E1
Téléphone : 514 499-3000, télécopieur : 514 499-3010

Dépôt légal : 4ᵉ trimestre 2012
Bibliothèque nationale du Québec
Bibliothèque nationale du Canada

Projet dirigé par Marie-Josée Lacharité et Geneviève Brière
Révision linguistique : Émilie Allaire
Conception de la grille originale : Karine Raymond
Adaptation de la grille graphique : Christian Roy

Imprimé en Chine
10 9 8 7 6 5 4 3 2 1   16 15 14 13 12
PO 510

AVERTISSEMENT

Qui s'y frotte, s'y *TIC*!
Telle est la devise du Capitaine Static.

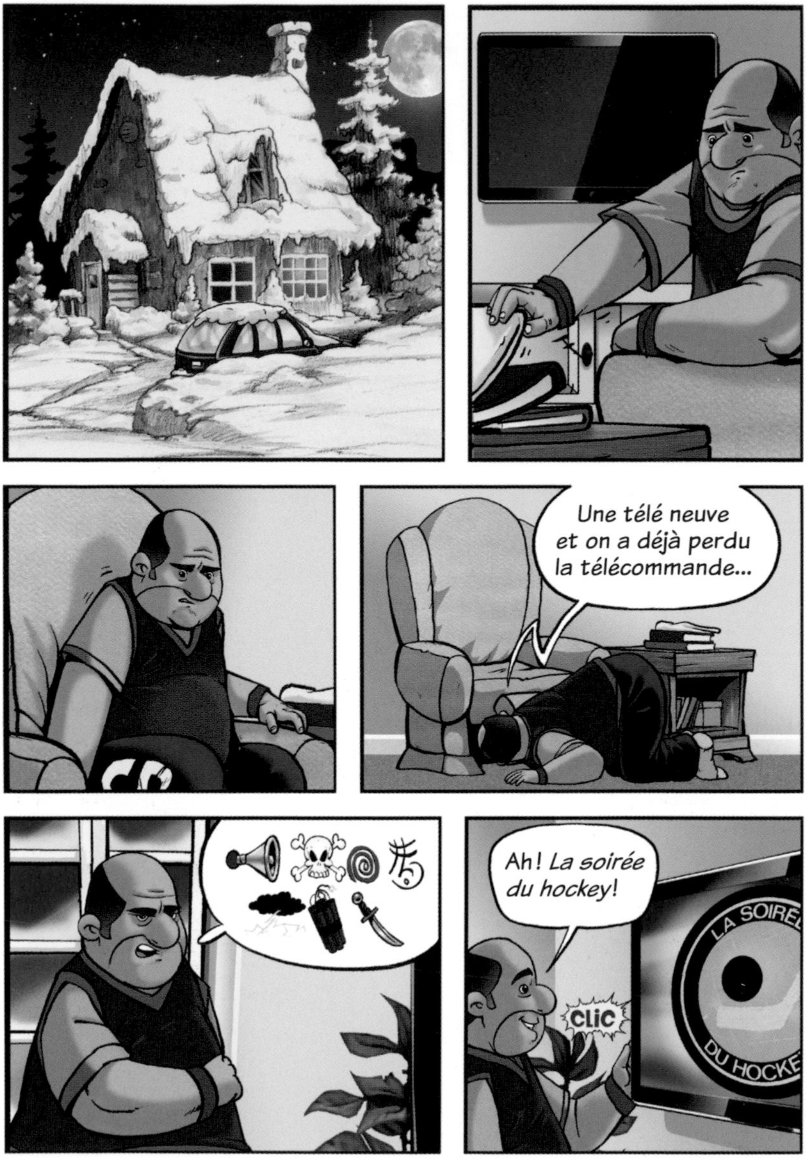
Une télé neuve
et on a déjà perdu
la télécommande...
Ah! *La soirée
du hockey*!
CLIC
LA SOIRÉE
DU HOCKEY

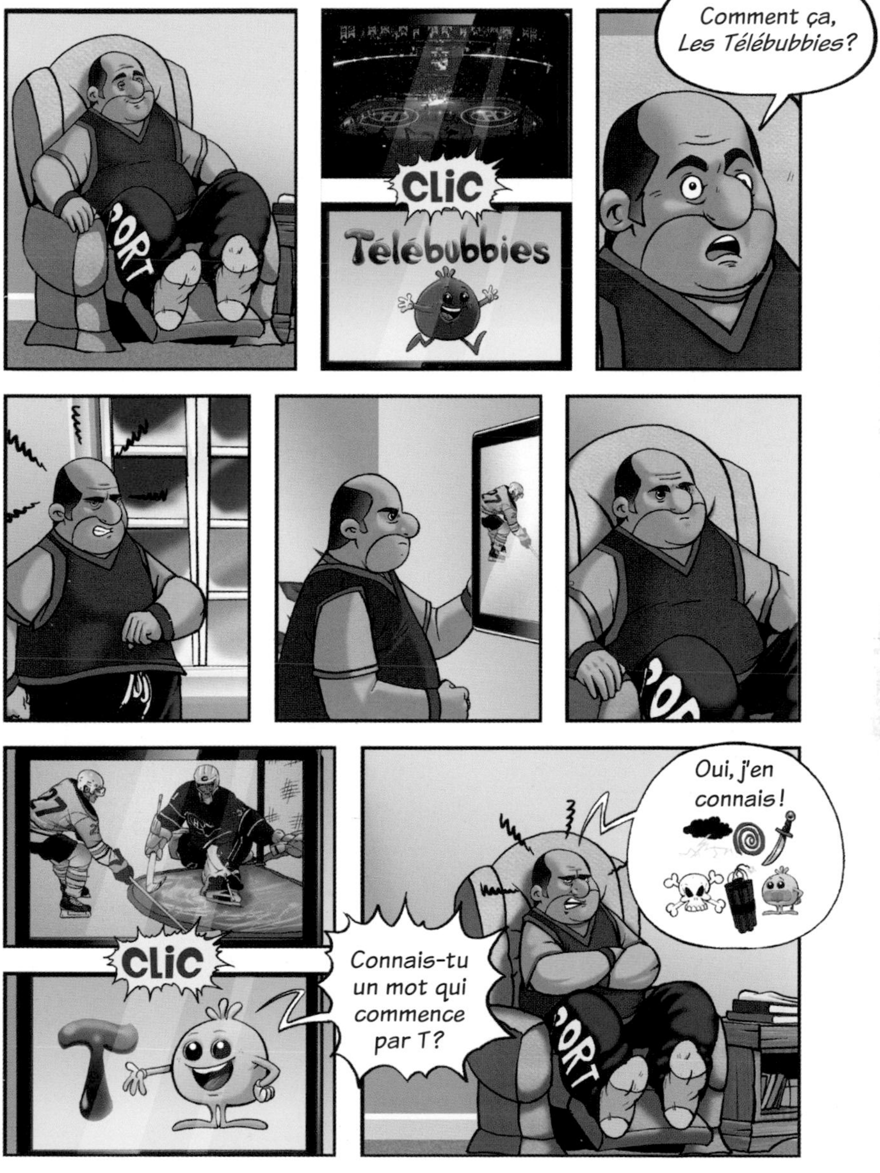
CLIC
Télébubbies
Comment ça, Les Télébubbies?
CLIC
Connais-tu un mot qui commence par T?
Oui, j'en connais!

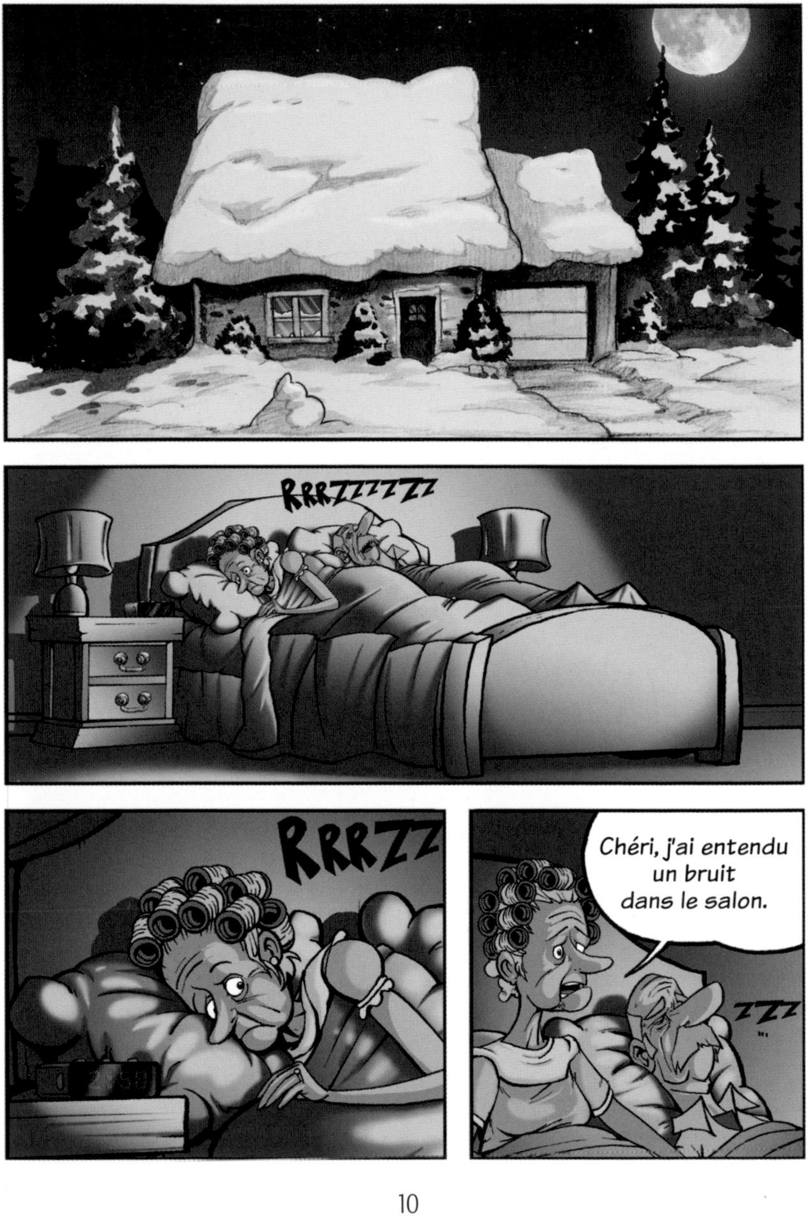
RRRZZZZZZ
RRRZZ
Chéri, j'ai entendu un bruit dans le salon.
ZZZ

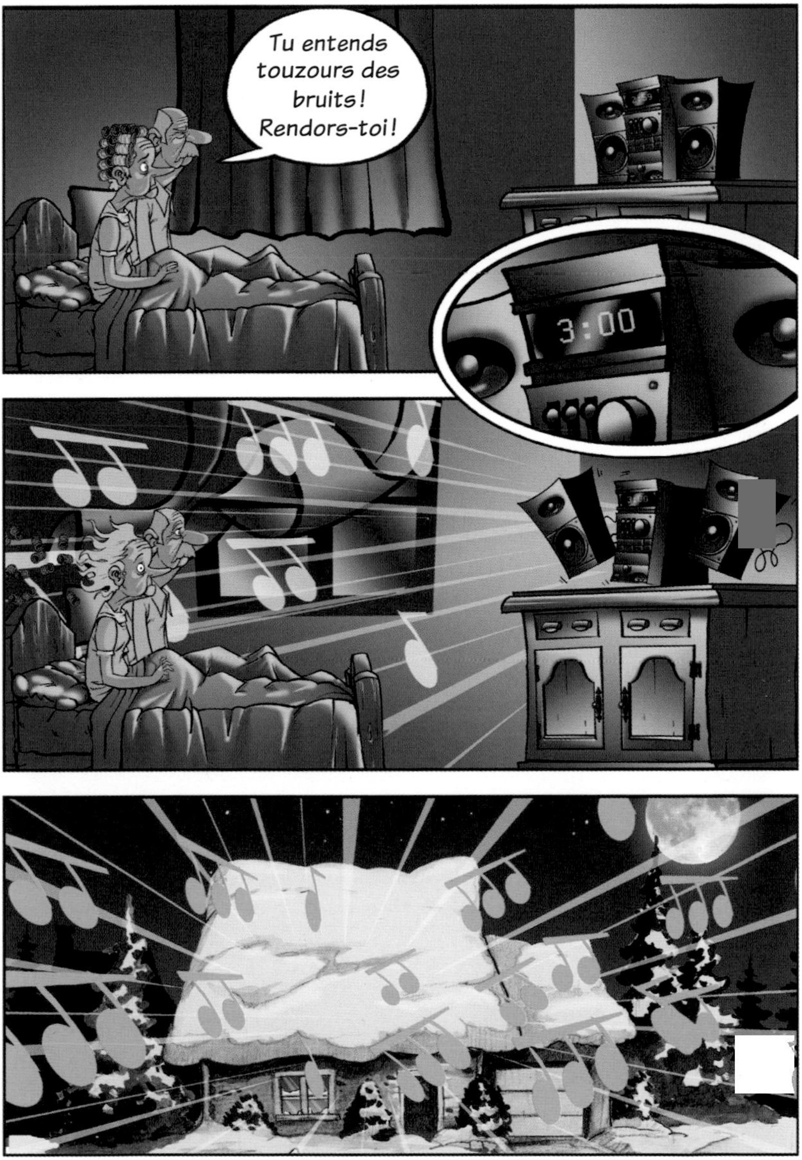
Tu entends touzours des bruits! Rendors-toi!
3:00

Je ne les ai pas. Et toi?
Moi non plus...

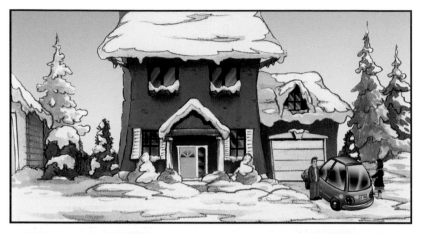

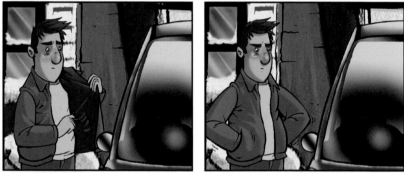

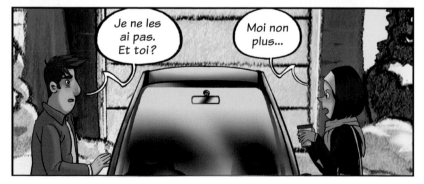

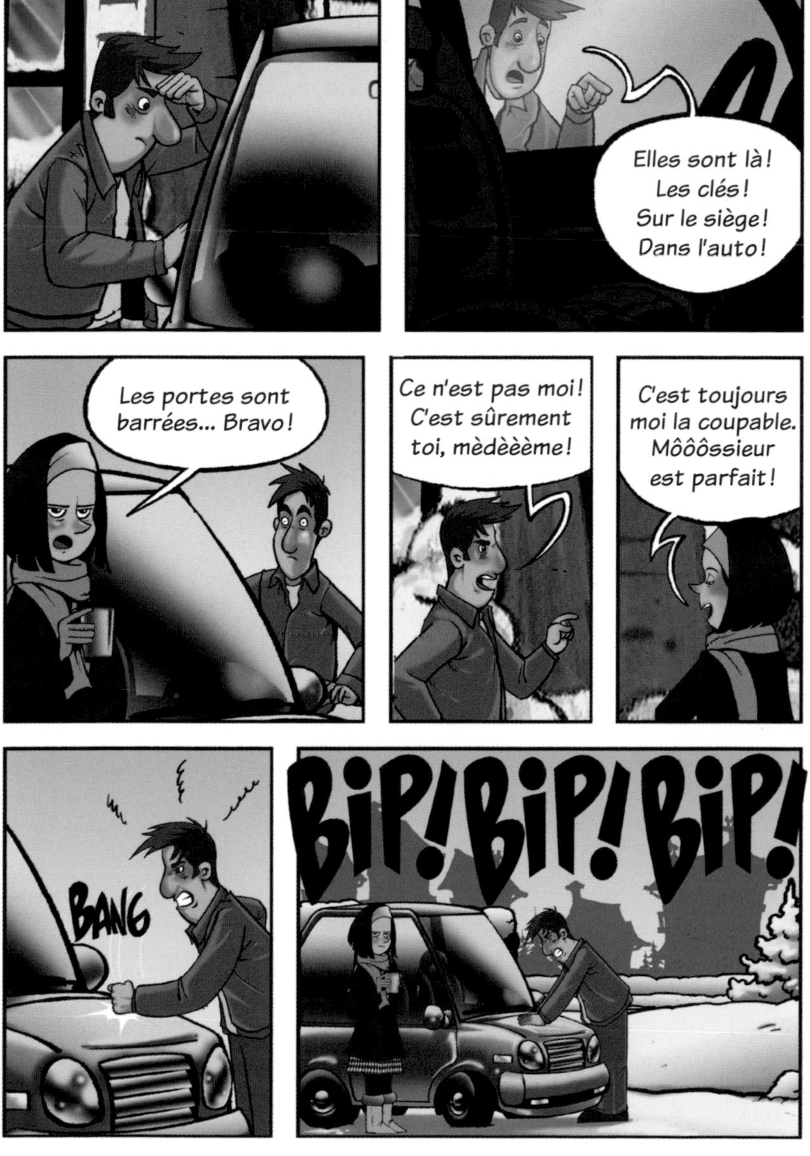
Elles sont là! Les clés! Sur le siège! Dans l'auto!
Les portes sont barrées... Bravo!
Ce n'est pas moi! C'est sûrement toi, mèdèèème!
C'est toujours moi la coupable. Môôôssieur est parfait!
BANG
BiP! BiP! BiP!

Chapitre 1

J'essaie de mettre les choses en perspective.

Je pourrais être en train de faire une communication orale devant la classe, avec la fermeture éclair de mon pantalon coincée en bas... Je pourrais recevoir mon vaccin contre l'hépatite B. Je pourrais pelleter la large et longue entrée de cour de madame Ruel après une tempête de neige.

Qu'est-ce qui pourrait être pire?

Ça...

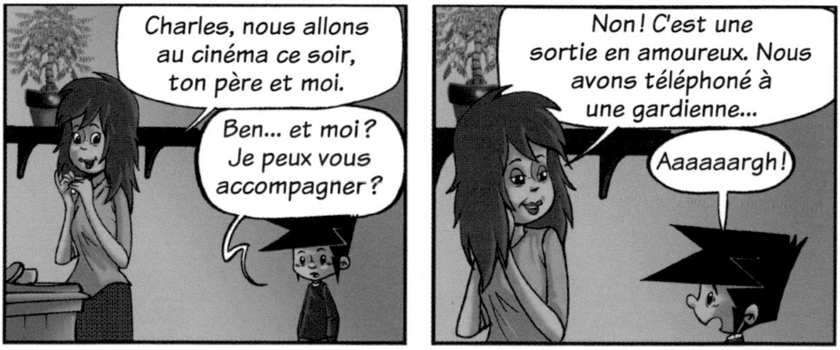
Charles, nous allons au cinéma ce soir, ton père et moi.
Ben... et moi? Je peux vous accompagner?
Non! C'est une sortie en amoureux. Nous avons téléphoné à une gardienne...
Aaaaaargh!

C'est *ça* qui pourrait être pire! Quelle humiliation! Nulle part n'ai-je lu, dans les aventures de Superman ou de Spider-Man, qu'enfants, ils étaient surveillés par une gardienne lorsque leurs parents sortaient pour s'amuser!

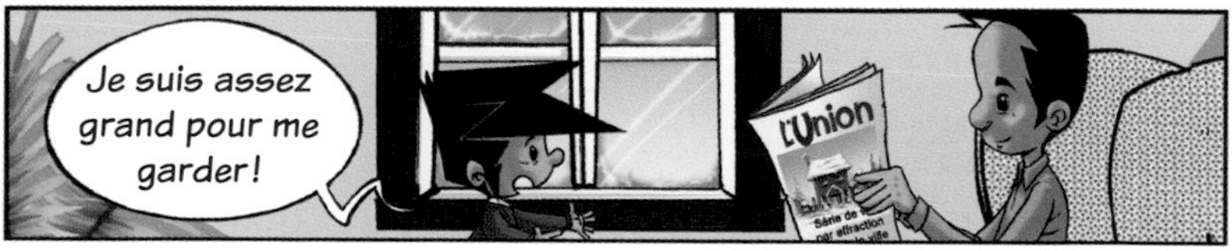
Je suis assez grand pour me garder!
L'Union

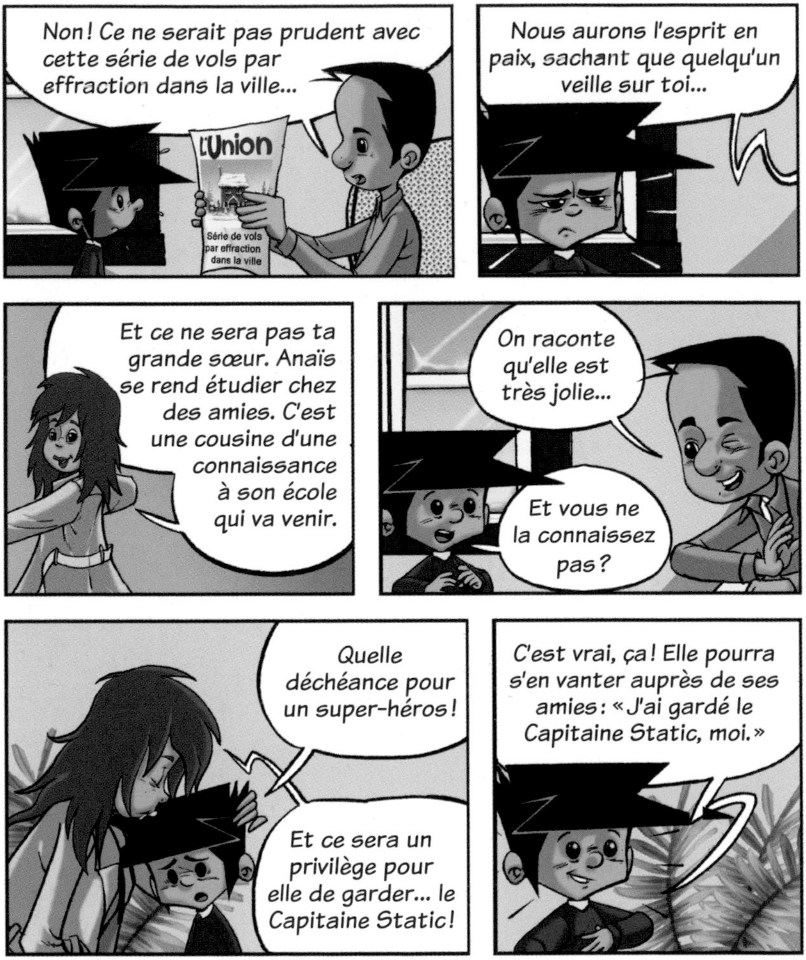
Non! Ce ne serait pas prudent avec cette série de vols par effraction dans la ville...
L'Union
Série de vols par effraction dans la ville
Nous aurons l'esprit en paix, sachant que quelqu'un veille sur toi...
Et ce ne sera pas ta grande sœur. Anaïs se rend étudier chez des amies. C'est une cousine d'une connaissance à son école qui va venir.
On raconte qu'elle est très jolie...
Et vous ne la connaissez pas?
Quelle déchéance pour un super-héros!
Et ce sera un privilège pour elle de garder... le Capitaine Static!
C'est vrai, ça! Elle pourra s'en vanter auprès de ses amies: «J'ai gardé le Capitaine Static, moi.»

Dès que la nouvelle se répandra, les filles vont faire la file pour se consacrer à moi. Elles paieront des sorties au restaurant ou au cinéma à mes parents pour avoir la chance de pouvoir veiller sur moi.

Être en tête-à-tête avec une adolescente inconnue, à ce stade-ci de ma vie, n'est pas mon activité préférée…

Trente minutes plus tard, Pénélope se présente chez moi avec son jeune frère, Fred.

Navrant… Être en tête-à-tête avec ma meilleure amie, à ce stade-ci de ma vie, aurait été mon activité préférée…

Je ne porte pas mon costume du Capitaine Static. Ma mère a remarqué une tache sur ma cape. Puisque rien ne lui échappe, mon habit, pantoufles incluses, a pris le chemin de la salle de lavage.

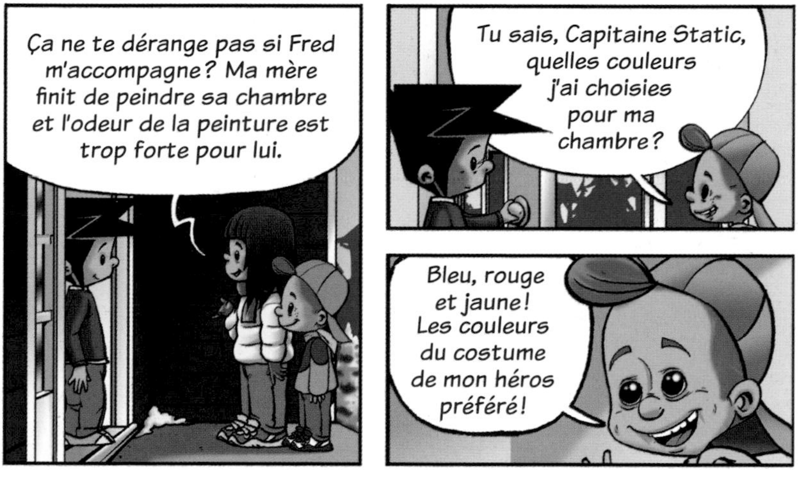
Ça ne te dérange pas si Fred m'accompagne? Ma mère finit de peindre sa chambre et l'odeur de la peinture est trop forte pour lui.
Tu sais, Capitaine Static, quelles couleurs j'ai choisies pour ma chambre?
Bleu, rouge et jaune! Les couleurs du costume de mon héros préféré!

Si, un jour, on inaugure… Non, pas si… Quand, un jour, on inaugurera un musée relatant mes exploits, j'espère que le poste de la direction sera confié à Fred, mon plus grand admirateur à ce jour.

Mes rêves d'éternité sont interrompus par la sonnerie de la porte d'entrée. J'ouvre. C'est la gardienne...

Me reconnaîtra-t-elle sans mon costume?

Quelle question! Pourvu qu'elle tempère son enthousiasme à ma vue. Les témoignages d'admiration peuvent parfois être gênants, particulièrement avec Pénélope comme témoin.

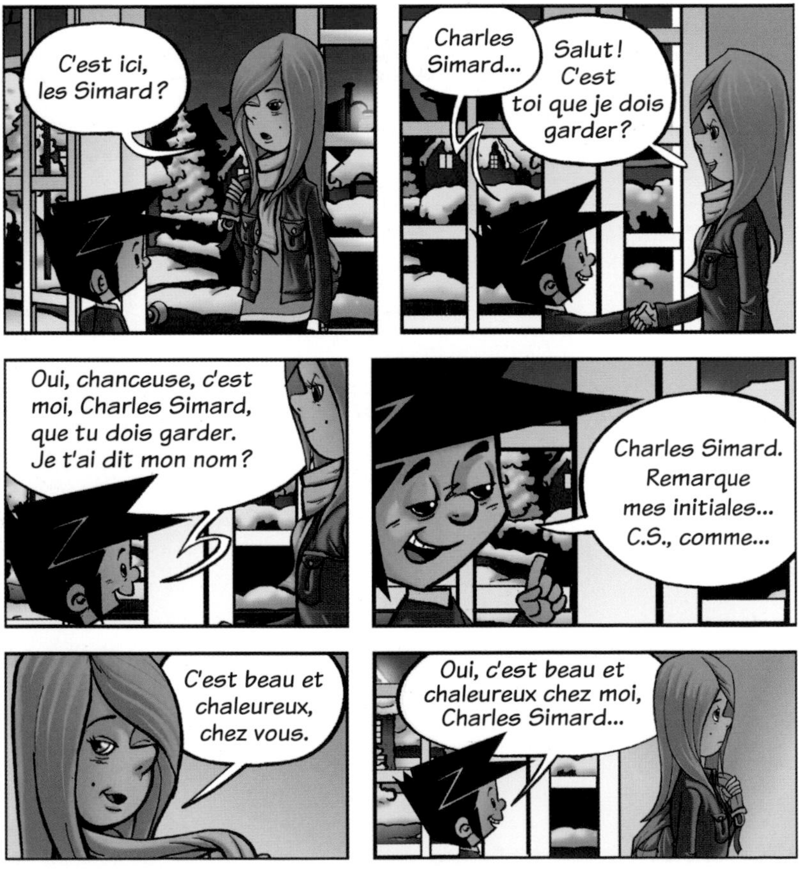
C'est ici, les Simard?
Charles Simard...
Salut! C'est toi que je dois garder?
Oui, chanceuse, c'est moi, Charles Simard, que tu dois garder. Je t'ai dit mon nom?
Charles Simard. Remarque mes initiales... C.S., comme...
C'est beau et chaleureux, chez vous.
Oui, c'est beau et chaleureux chez moi, Charles Simard...

Je suis déçu… Elle ne semble pas faire le lien. Et si Fred l'aidait ? Je lui fais un signe du menton. Il a deviné mes intentions et s'avance aussitôt.

Merci, Fred. La glace est brisée, le malaise disparaît. Je prévois des cris de joie, des larmes de bonheur et de fierté à l'idée de garder un personnage de ma trempe. Erreur !

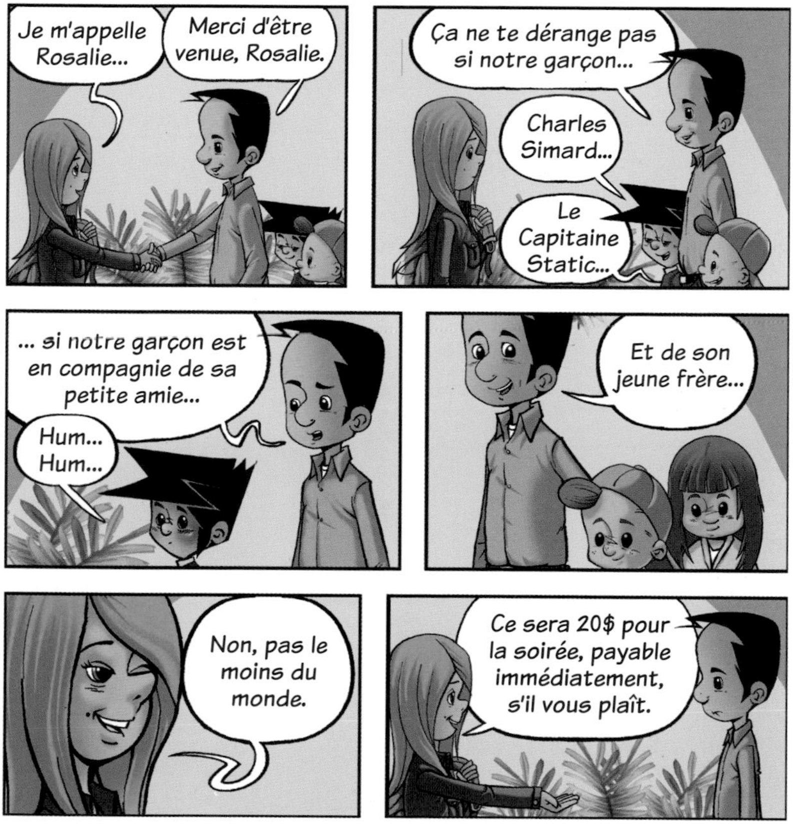
Je m'appelle Rosalie...
Merci d'être venue, Rosalie.
Ça ne te dérange pas si notre garçon...
Charles Simard...
Le Capitaine Static...
... si notre garçon est en compagnie de sa petite amie...
Hum... Hum...
Et de son jeune frère...
Non, pas le moins du monde.
Ce sera 20$ pour la soirée, payable immédiatement, s'il vous plaît.

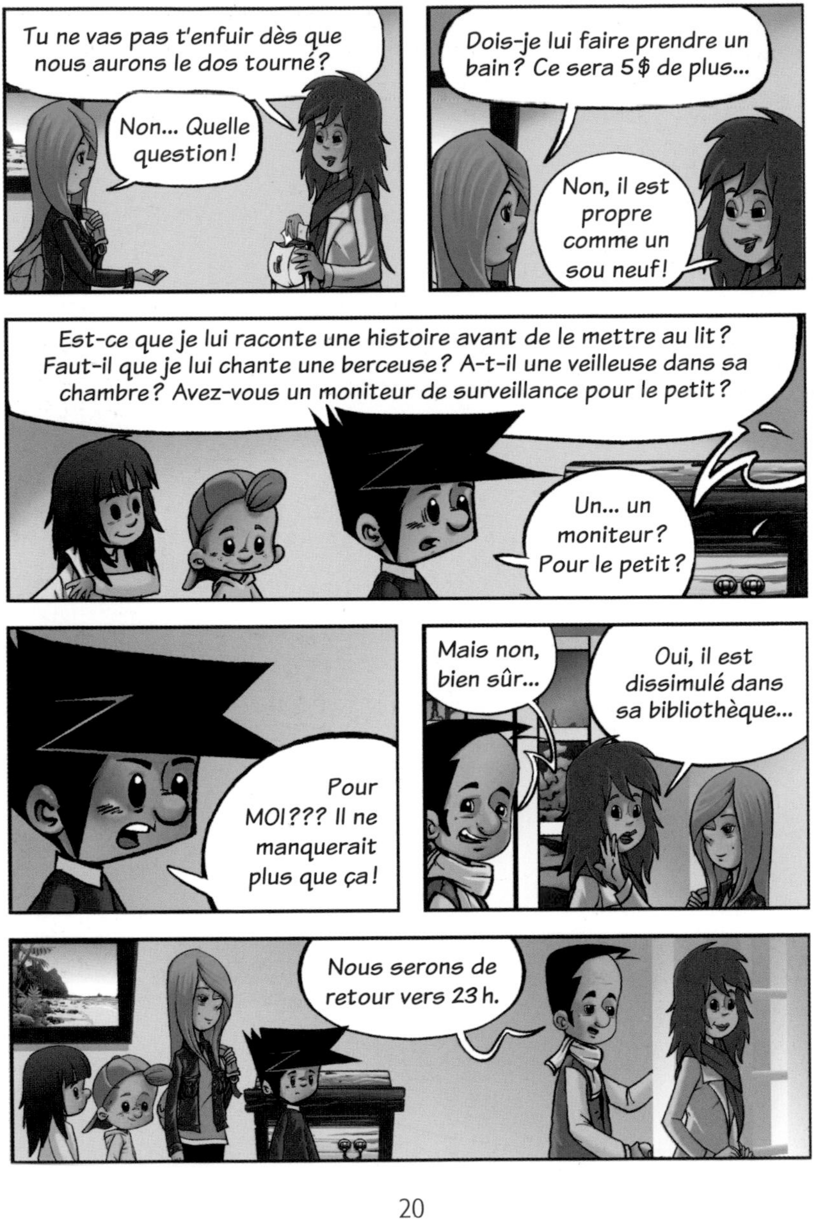
Tu ne vas pas t'enfuir dès que nous aurons le dos tourné?
Non... Quelle question!
Dois-je lui faire prendre un bain? Ce sera 5$ de plus...
Non, il est propre comme un sou neuf!
Est-ce que je lui raconte une histoire avant de le mettre au lit? Faut-il que je lui chante une berceuse? A-t-il une veilleuse dans sa chambre? Avez-vous un moniteur de surveillance pour le petit?
Un... un moniteur? Pour le petit?
Pour MOI??? Il ne manquerait plus que ça!
Mais non, bien sûr...
Oui, il est dissimulé dans sa bibliothèque...
Nous serons de retour vers 23 h.

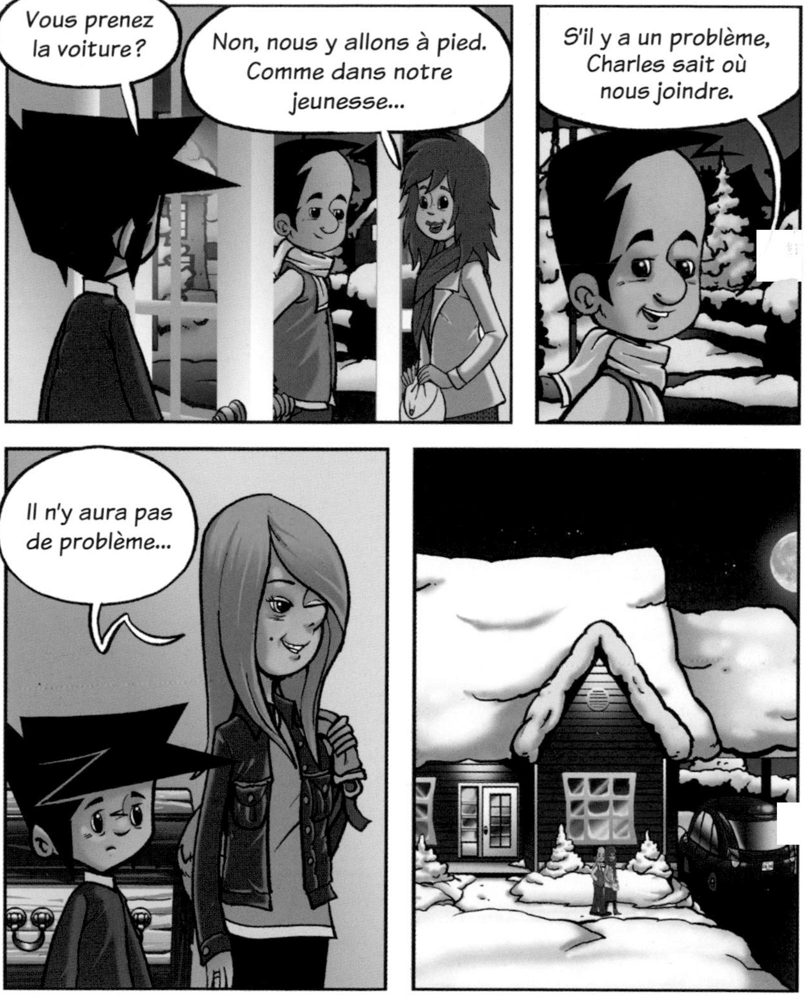
Vous prenez la voiture?
Non, nous y allons à pied. Comme dans notre jeunesse...
S'il y a un problème, Charles sait où nous joindre.
Il n'y aura pas de problème...

Mes parents verrouillent la porte derrière eux. Il est près de 19 h. En vitesse, je fais visiter la maison à Rosalie. Je l'ignore encore, mais c'est le début d'une très longue soirée…

Chapitre 2

Mes parents partis, je m'attends à ce que la gardienne me consacre toute son attention. C'est la portion de la soirée où je devrais entendre: «Et toi, fantastique Capitaine Static, qu'aimerais-tu que l'on fasse ensemble?»

Rosalie se contente de nous regarder, Pénélope, Fred et moi, comme si elle nous étudiait. Puis, elle sort de la poche de son pantalon un téléphone cellulaire. Elle appuie sur une touche et, au bout de quelques secondes, s'adresse à un interlocuteur qu'elle ne nomme pas.

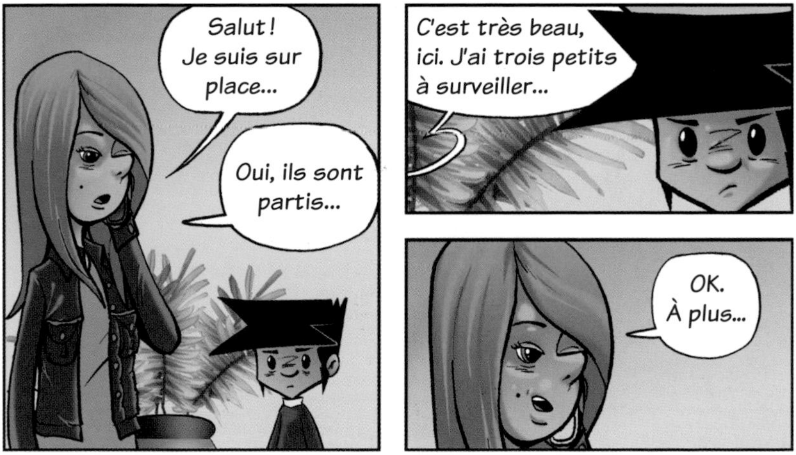
Salut! Je suis sur place...
Oui, ils sont partis...
C'est très beau, ici. J'ai trois petits à surveiller...
OK. À plus...

Trois petits? C'est insultant! Pénélope se méfie. Il faut le dire, toutes ces filles qui entrent dans ma vie suscitent de l'inquiétude chez elle. Sauf pour ma mère, qui détient un droit acquis de naissance.

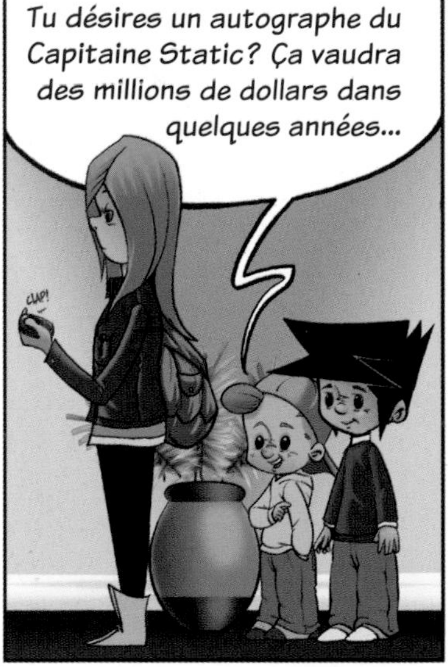
Tu désires un autographe du Capitaine Static? Ça vaudra des millions de dollars dans quelques années...

Cher Fred. Il exagère un peu. Restons réalistes. Ma signature vaudra des *milliers* de dollars…

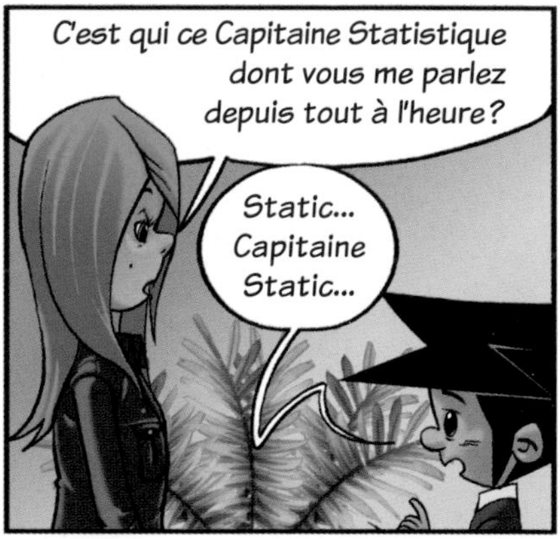
C'est qui ce Capitaine Statistique dont vous me parlez depuis tout à l'heure?
Static... Capitaine Static...

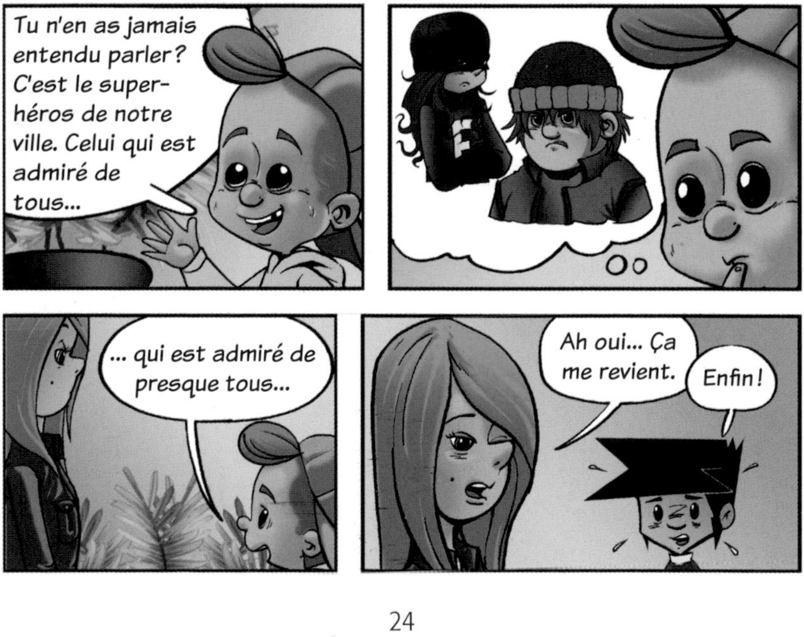
Tu n'en as jamais entendu parler? C'est le super-héros de notre ville. Celui qui est admiré de tous...
... qui est admiré de presque tous...
Ah oui... Ça me revient.
Enfin!

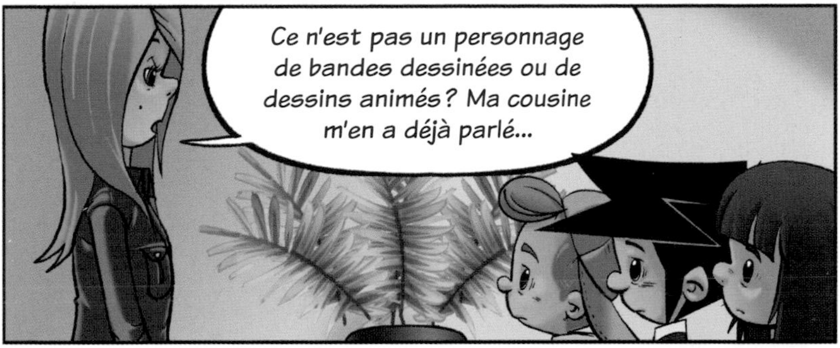
Ce n'est pas un personnage de bandes dessinées ou de dessins animés? Ma cousine m'en a déjà parlé...

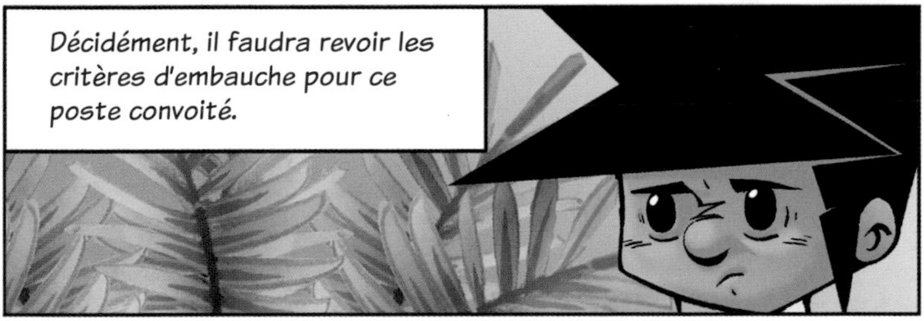
Décidément, il faudra revoir les critères d'embauche pour ce poste convoité.

Pour convaincre Rosalie, je file à la salle de lavage et je sors mon uniforme et mes pantoufles de la sécheuse. Une minute plus tard, je m'élance vers le salon où se trouvent la gardienne, Pénélope et Fred.

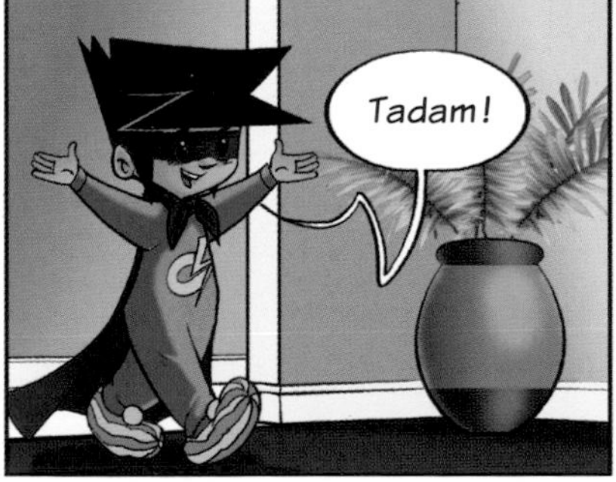
Tadam!

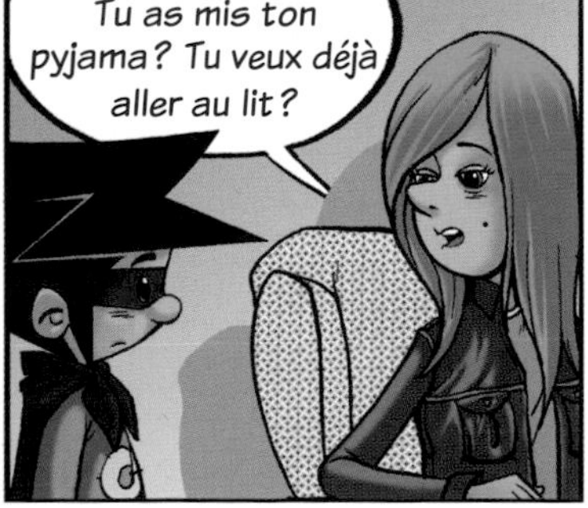
Tu as mis ton pyjama? Tu veux déjà aller au lit?

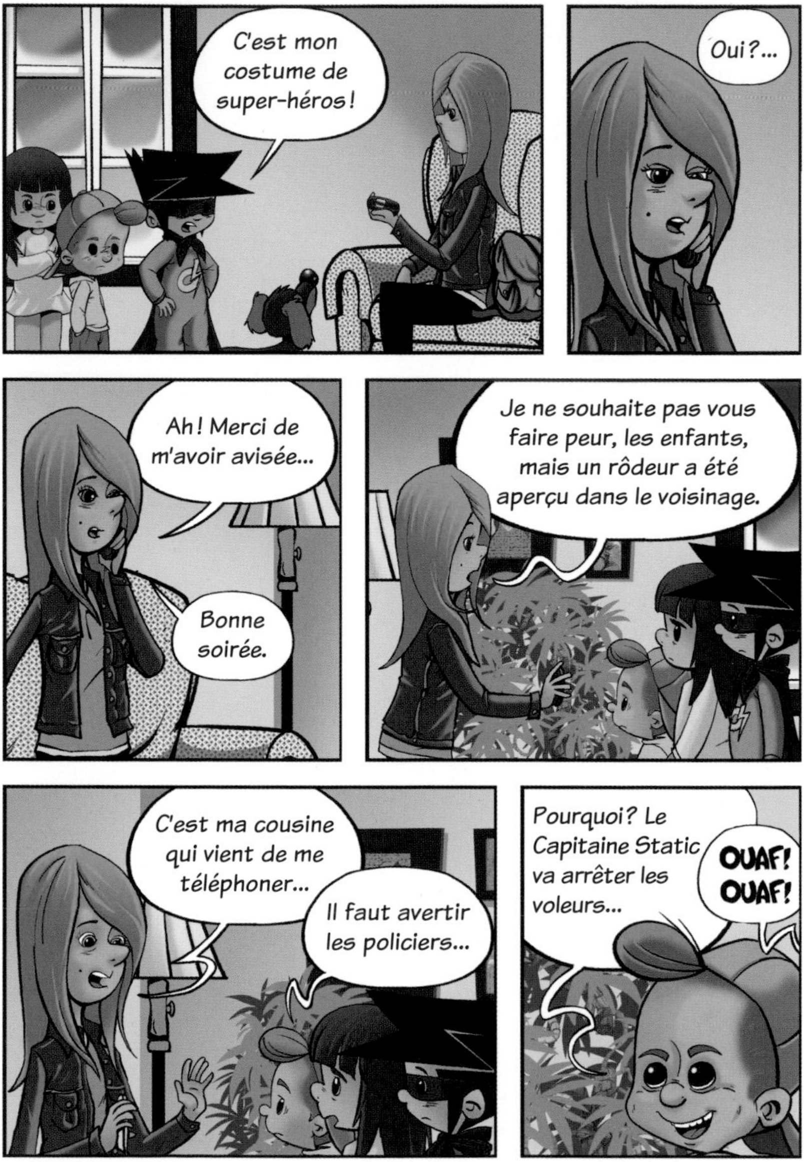
C'est mon costume de super-héros!
Oui?...
Ah! Merci de m'avoir avisée...
Bonne soirée.
Je ne souhaite pas vous faire peur, les enfants, mais un rôdeur a été aperçu dans le voisinage.
C'est ma cousine qui vient de me téléphoner...
Il faut avertir les policiers...
Pourquoi? Le Capitaine Static va arrêter les voleurs...
OUAF! OUAF!

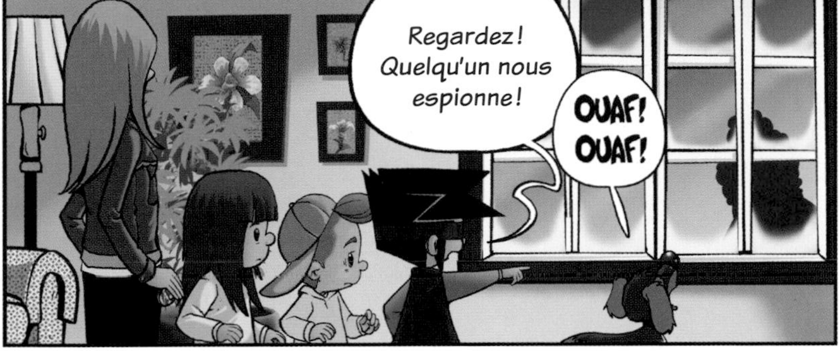
Regardez! Quelqu'un nous espionne!
OUAF! OUAF!

Les battements de mon cœur s'accélèrent. Fred se rapproche de moi. Pénélope durcit les poings et serre les mâchoires. La gardienne fait un rempart de son corps.

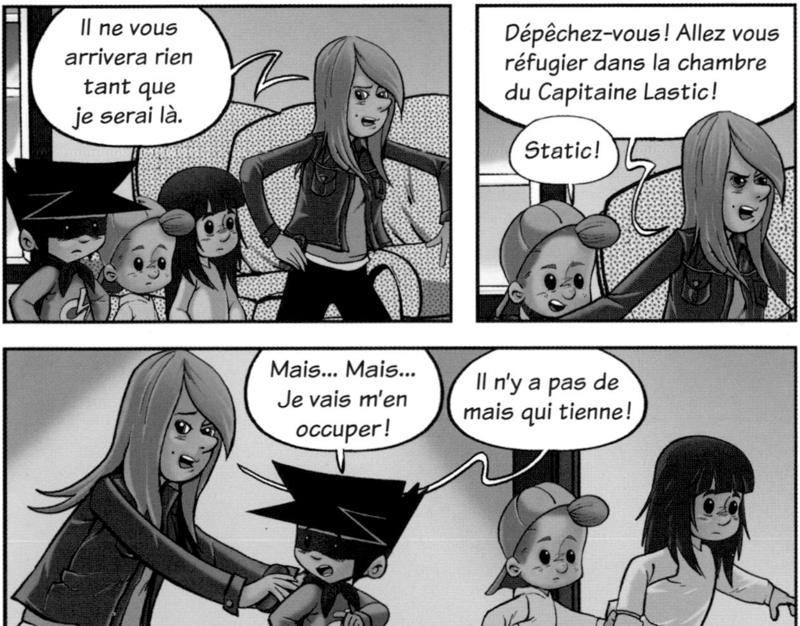
Il ne vous arrivera rien tant que je serai là.
Dépêchez-vous! Allez vous réfugier dans la chambre du Capitaine Lastic!
Static!
Mais... Mais... Je vais m'en occuper!
Il n'y a pas de mais qui tienne!

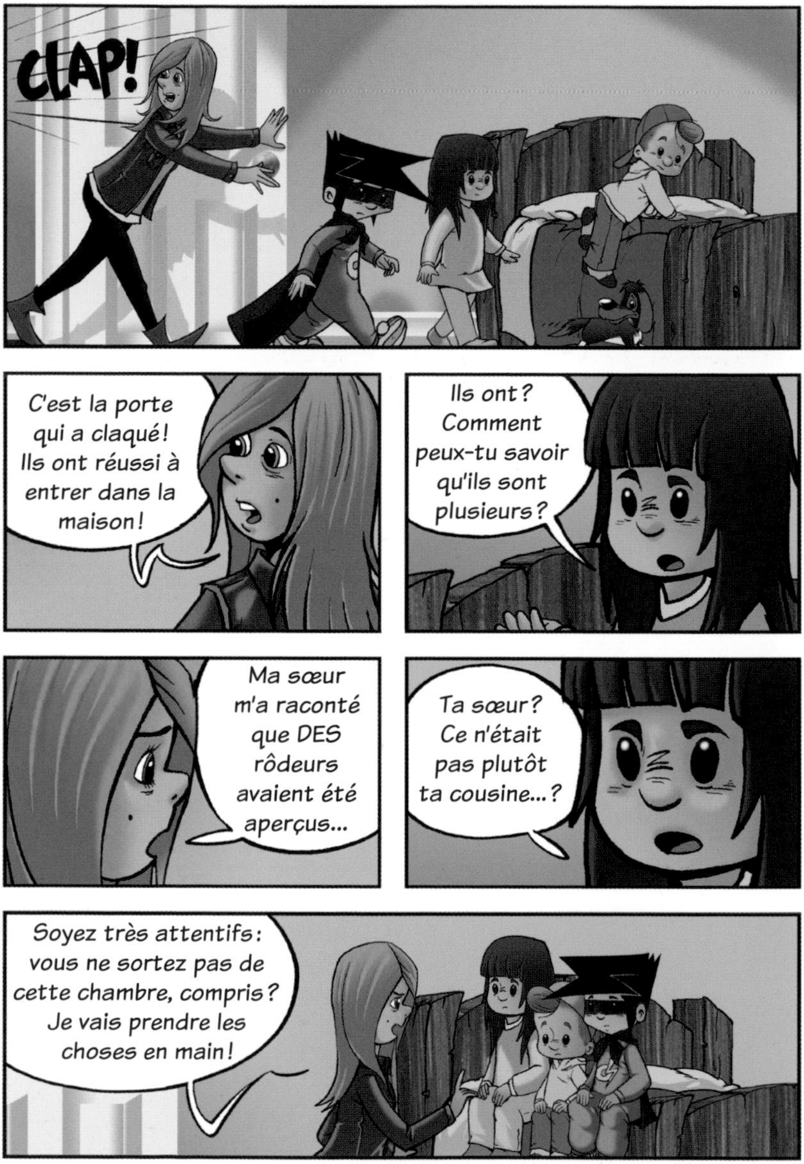
CLAP!
C'est la porte qui a claqué! Ils ont réussi à entrer dans la maison!
Ils ont? Comment peux-tu savoir qu'ils sont plusieurs?
Ma sœur m'a raconté que DES rôdeurs avaient été aperçus...
Ta sœur? Ce n'était pas plutôt ta cousine...?
Soyez très attentifs: vous ne sortez pas de cette chambre, compris? Je vais prendre les choses en main!

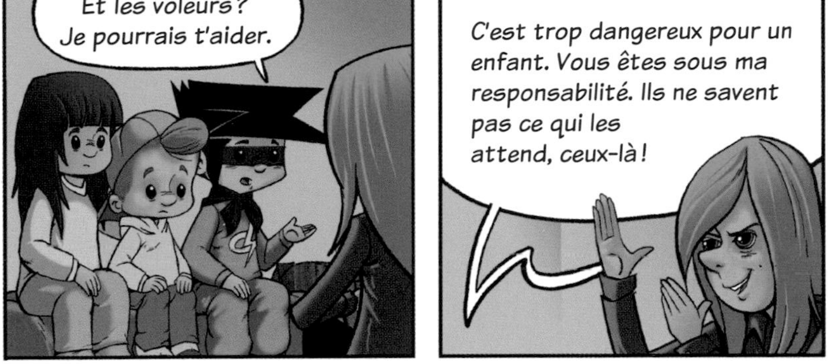
Et les voleurs? Je pourrais t'aider.
C'est trop dangereux pour un enfant. Vous êtes sous ma responsabilité. Ils ne savent pas ce qui les attend, ceux-là!

Je suis terriblement frustré. Je me sens aussi inutile qu'un cerveau dans la tête de Gros Joe! Rosalie continue de me prendre pour un garçon banal…

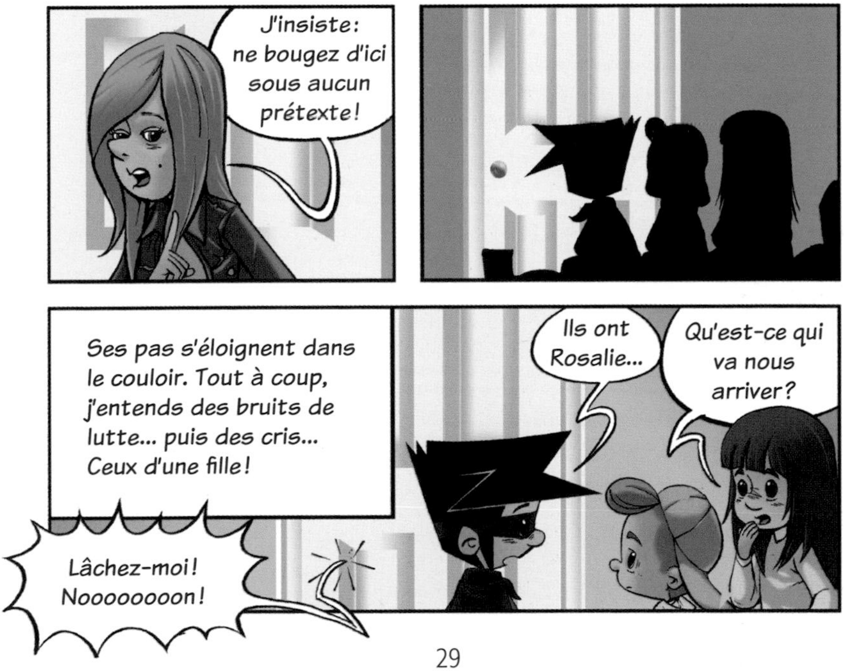
J'insiste: ne bougez d'ici sous aucun prétexte!
Ses pas s'éloignent dans le couloir. Tout à coup, j'entends des bruits de lutte... puis des cris... Ceux d'une fille!
Lâchez-moi! Nooooooon!
Ils ont Rosalie...
Qu'est-ce qui va nous arriver?

Chapitre 3

Résumons la situation : la gardienne Rosalie est prisonnière de voleurs qui ont pénétré par effraction dans ma maison; mes parents s'amusent au cinéma sans moi; Pénélope, Fred et moi sommes coincés dans ma chambre comme si nous étions des enfants en punition…

Ce qui me fait penser à quelque chose…

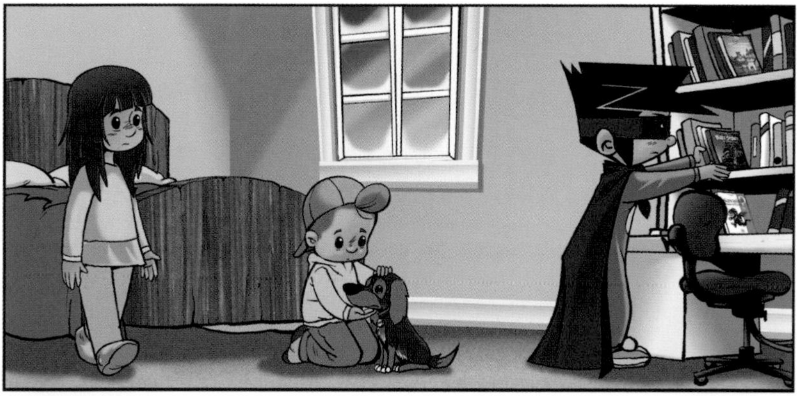

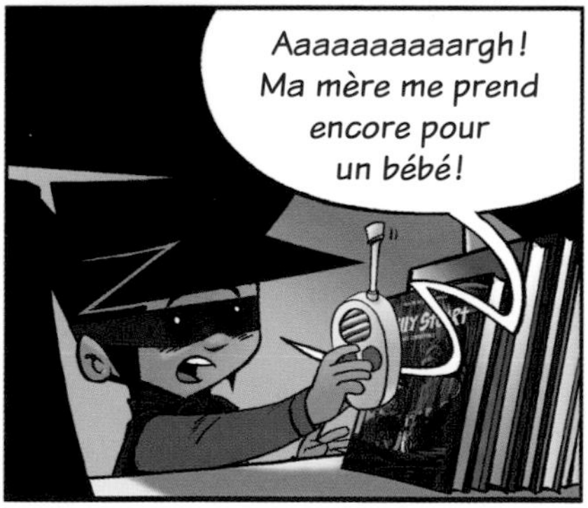
Aaaaaaaaaargh ! Ma mère me prend encore pour un bébé !

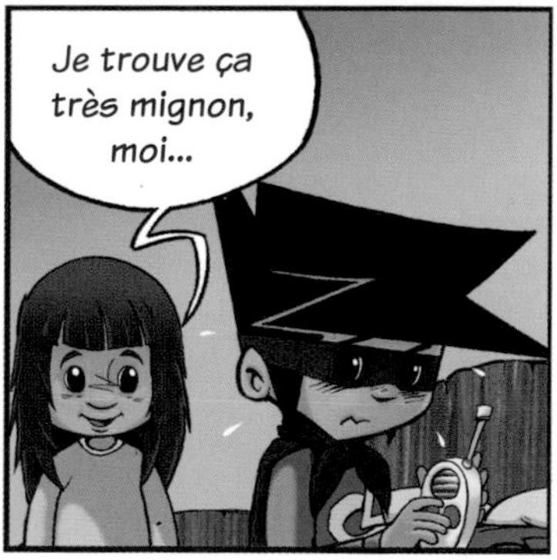
Je trouve ça très mignon, moi…

Passons maintenant aux affaires sérieuses. Par sa nature, le super-héros ne joue pas les spectateurs. Il est dans l'action. Rosalie n'étant pas dans le décor, cela signifie que je ne suis plus sous sa responsabilité. C'est à moi de me charger des brigands. Et parlant de charger…

Je sens soudain des picotements autour de moi.
TIC
TIC
TIC
TIC
TIC
TIC
TIC
TIC
Tic
TIC
Hourra!
Et voilà le formidable Capitaine Static! Allons sauver Rosalie!

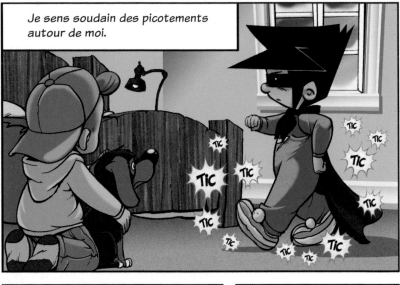

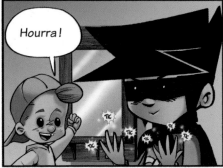

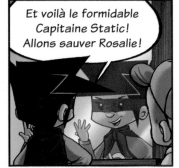

Laissez-moi partir!
Tais-toi, la gardienne! Sinon, on s'en prend aux petits!
Non! Pas mes petits chéris! Pitié!

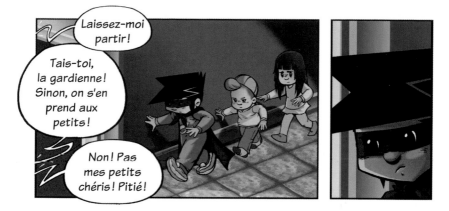

Mon sang ne fait qu'un tour. Les brigands paieront cher leur méfait. Par contre, pour les petits chéris, Rosalie aurait pu y aller moins fort... Probablement l'émotion. Au bout du mur, je risque un œil. La scène me désole!

Des marchandises que je présume volées chez nous et ailleurs ont été disposées sur la table du salon: bijoux, argent, ordinateur. Reste que le plus choquant, c'est... Rosalie!

Vous n'avez pas le droit de me ligoter!
Il me va bien?

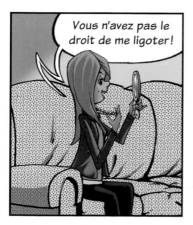

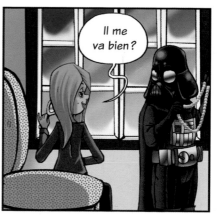

Pénélope qui, elle aussi, a vu la scène, en vient à la même conclusion que moi : Rosalie, la gardienne, est la complice des cambrioleurs. Son volte-face me révolte, me survolte. Tant pis pour elle !

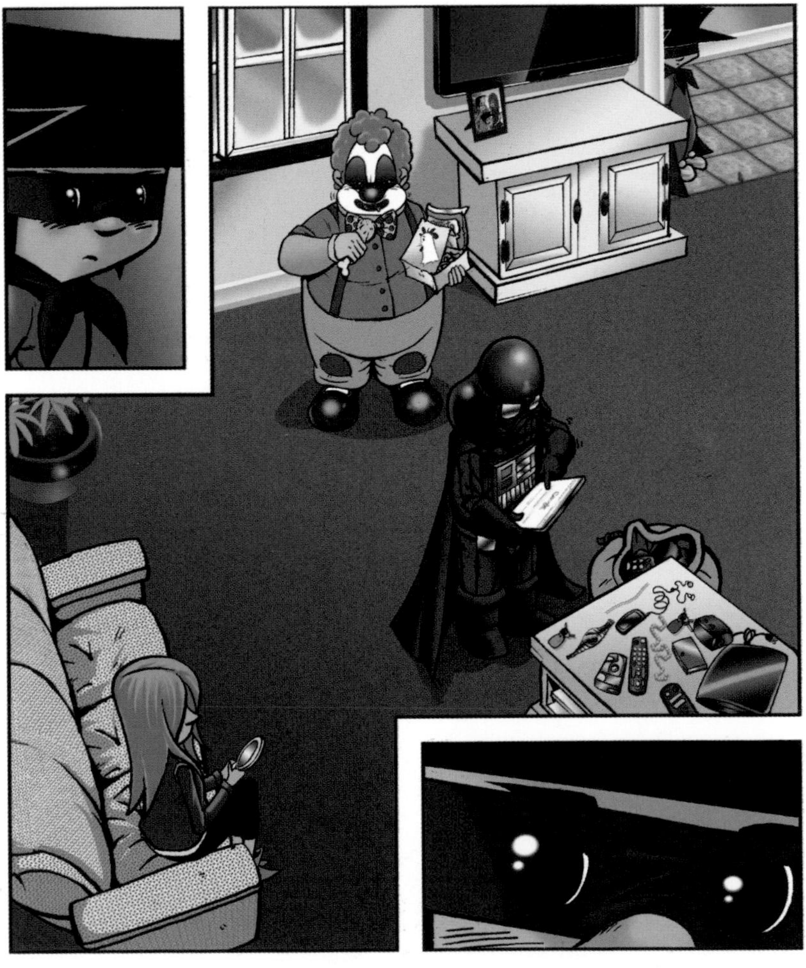

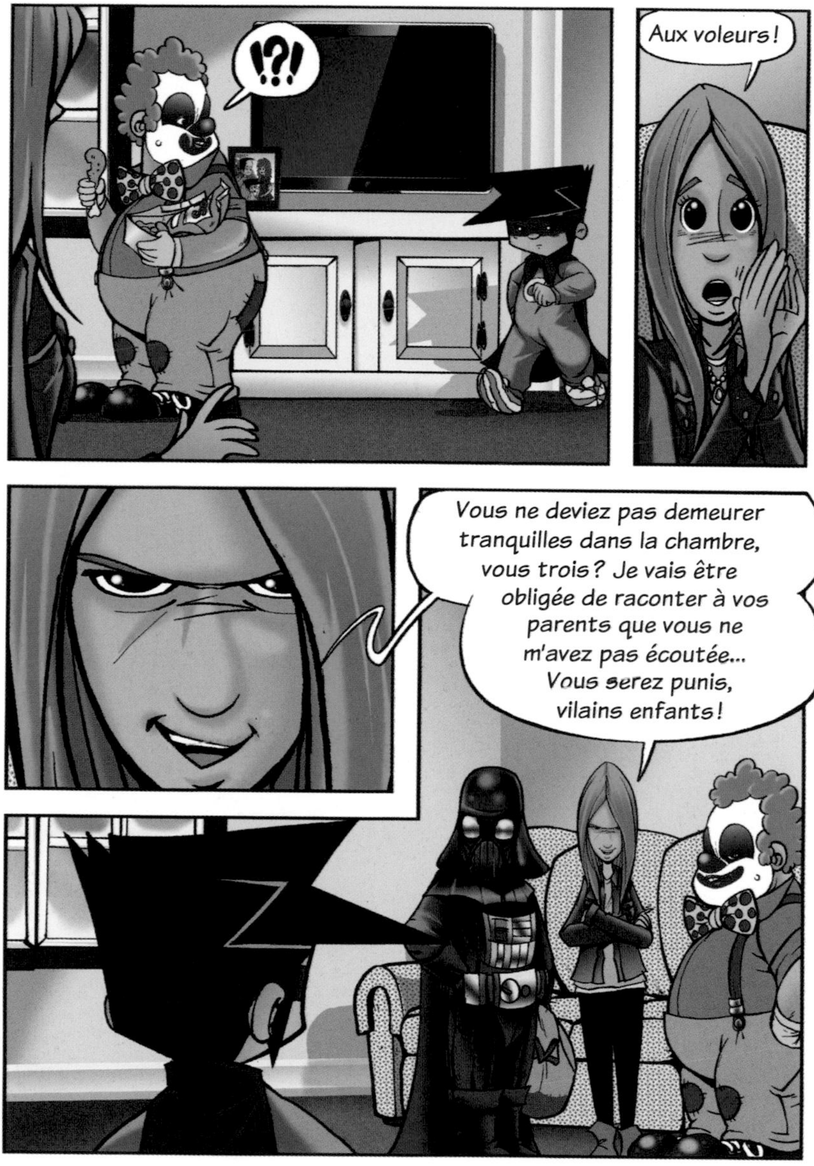
!?!
Aux voleurs !
Vous ne deviez pas demeurer tranquilles dans la chambre, vous trois ? Je vais être obligée de raconter à vos parents que vous ne m'avez pas écoutée... Vous serez punis, vilains enfants !

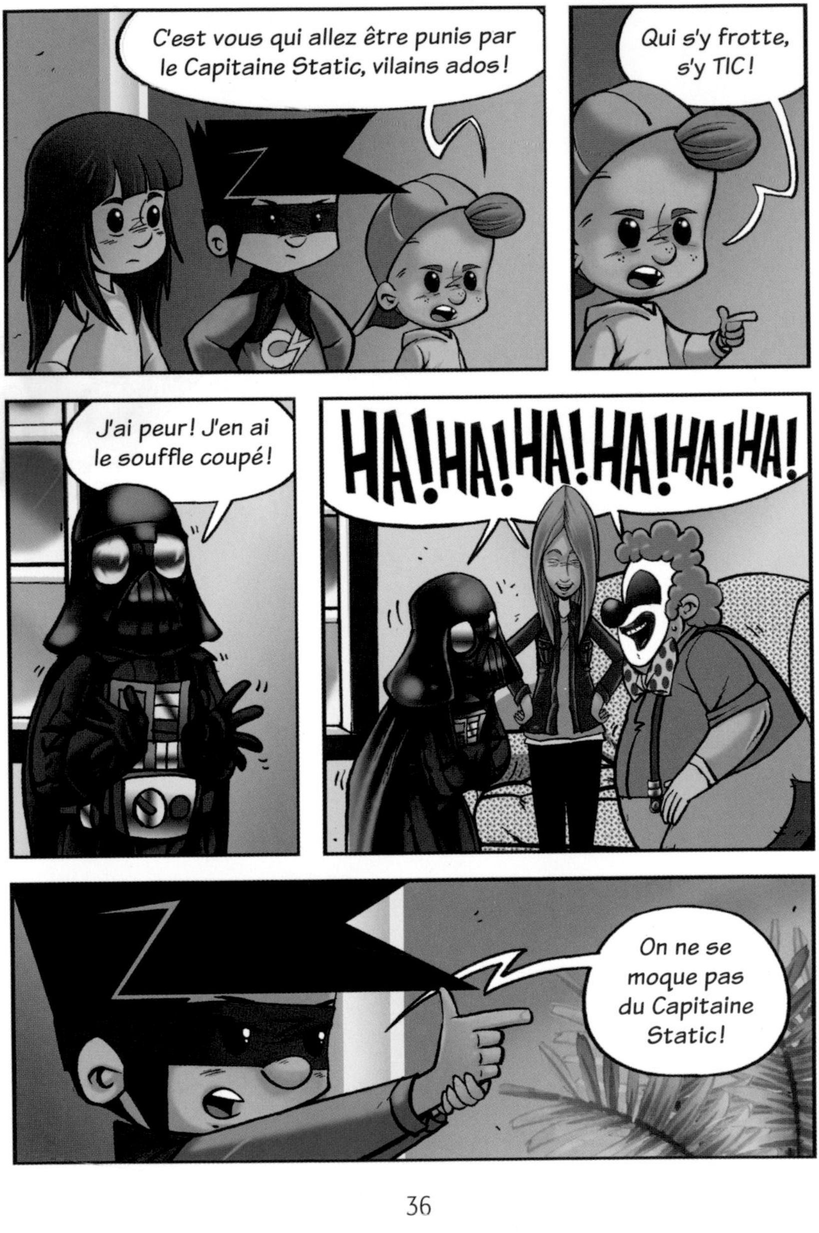
C'est vous qui allez être punis par le Capitaine Static, vilains ados!
Qui s'y frotte, s'y TIC!
J'ai peur! J'en ai le souffle coupé!
HA!HA!HA!HA!HA!HA!
On ne se moque pas du Capitaine Static!

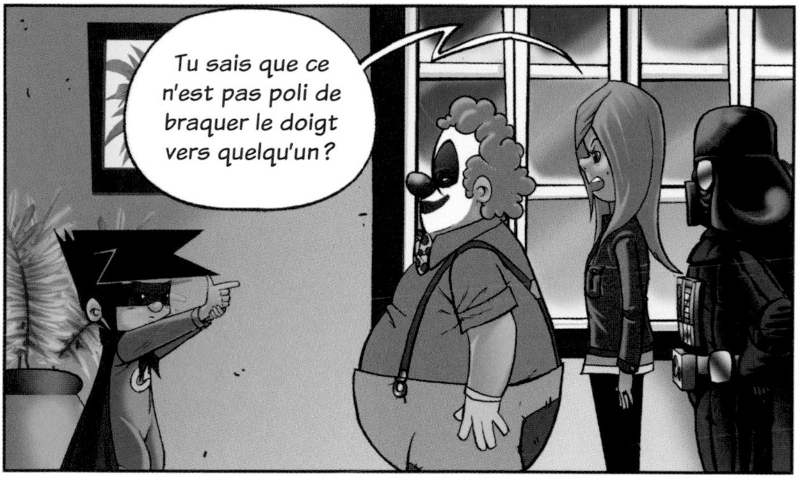
Tu sais que ce
n'est pas poli de
braquer le doigt
vers quelqu'un?

Je me déplace légèrement vers ma droite pour obtenir le meilleur angle d'attaque. Une seule dose de bon sens statique suffira à les neutraliser.

C'est parf…

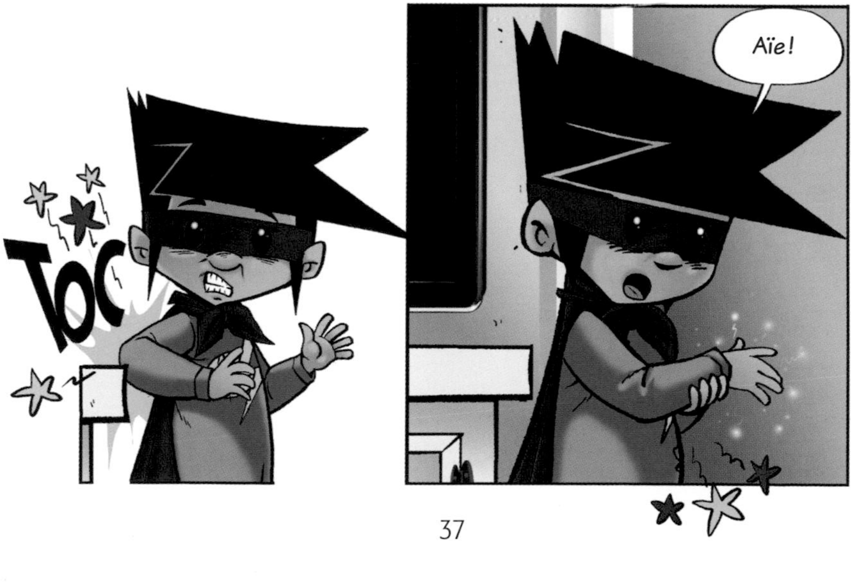
TOC
Aïe!

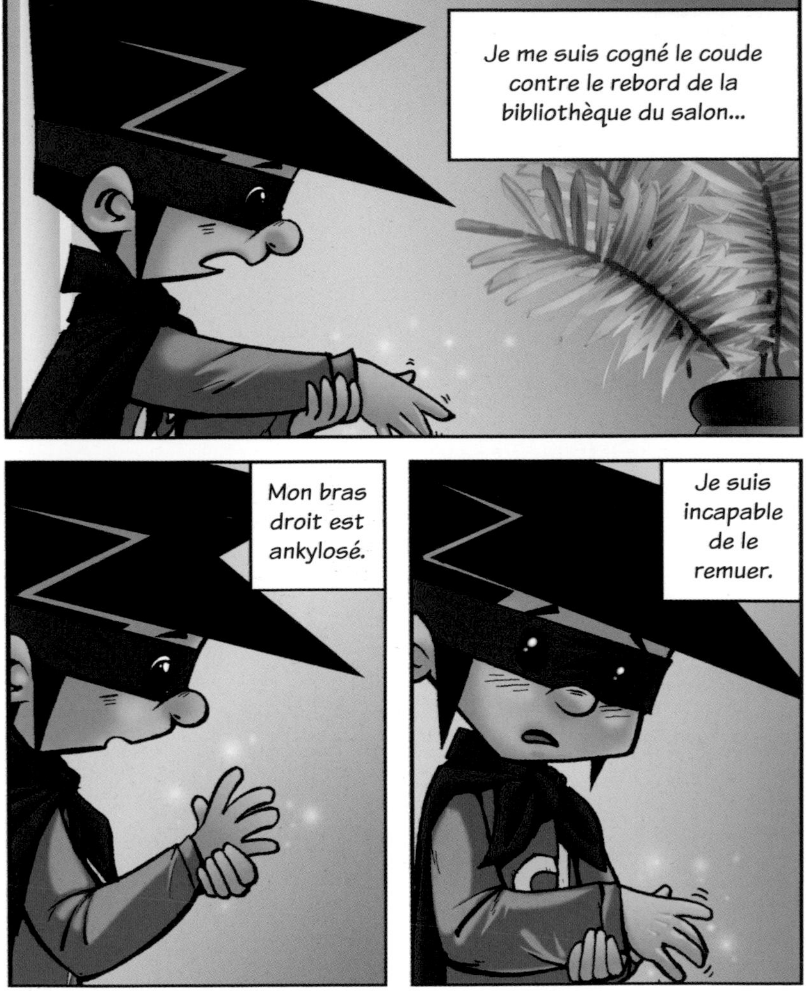
Je me suis cogné le coude contre le rebord de la bibliothèque du salon...
Mon bras droit est ankylosé.
Je suis incapable de le remuer.

Phénomène étrange: je ne ressens plus les picotements familiers et désagréables qui se manifestent normalement dans de telles circonstances…

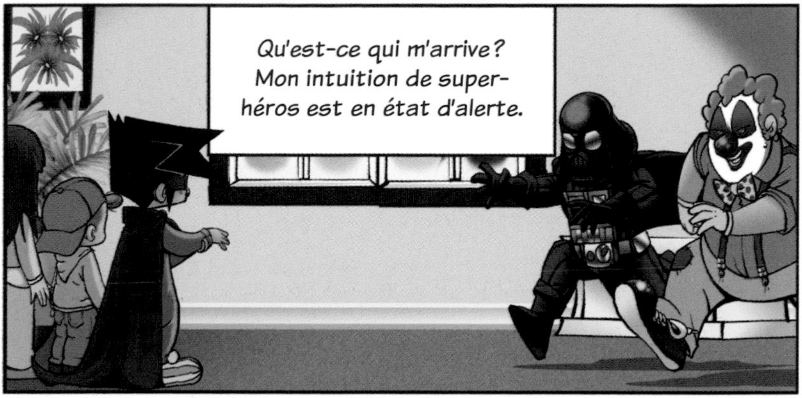
Qu'est-ce qui m'arrive? Mon intuition de super-héros est en état d'alerte.

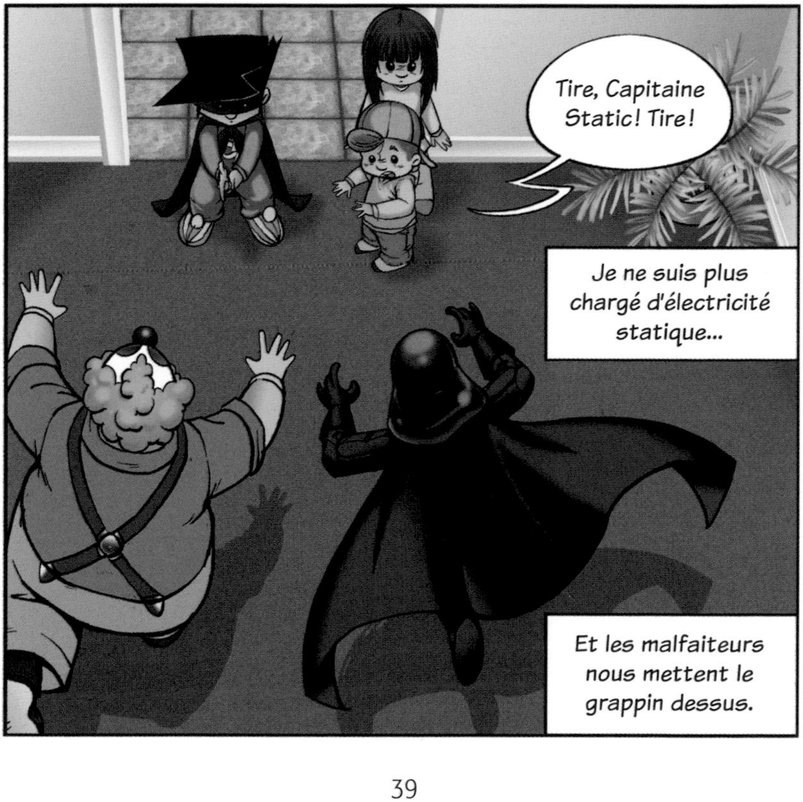
Tire, Capitaine Static! Tire!
Je ne suis plus chargé d'électricité statique...
Et les malfaiteurs nous mettent le grappin dessus.

Chapitre 4

Si je n'ai pas tiré, c'est que j'en suis incapable. J'ai l'impression qu'en me cognant le coude, j'ai perdu ma charge statique. Je suis redevenu l'inoffensif Charles Simard. Dois-je en déduire que mon talon d'Achille est situé dans mon coude? Ce serait là la faille de mon merveilleux pouvoir? Je devrai en parler à mon ami et scientifique, Van de Graaf.

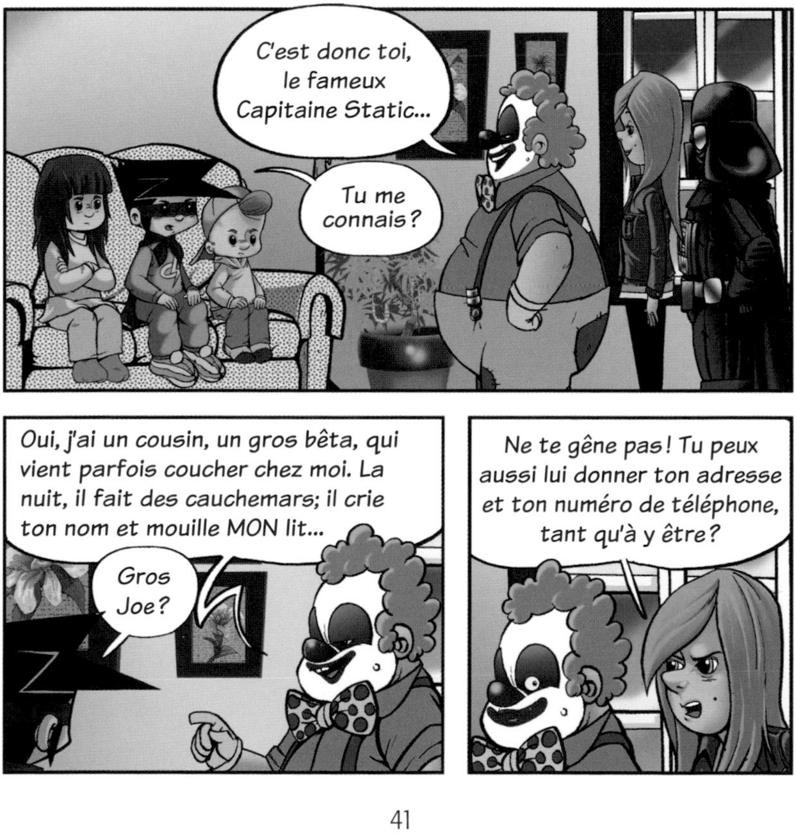
C'est donc toi, le fameux Capitaine Static...
Tu me connais?
Oui, j'ai un cousin, un gros bêta, qui vient parfois coucher chez moi. La nuit, il fait des cauchemars; il crie ton nom et mouille MON lit...
Gros Joe?
Ne te gêne pas! Tu peux aussi lui donner ton adresse et ton numéro de téléphone, tant qu'à y être?

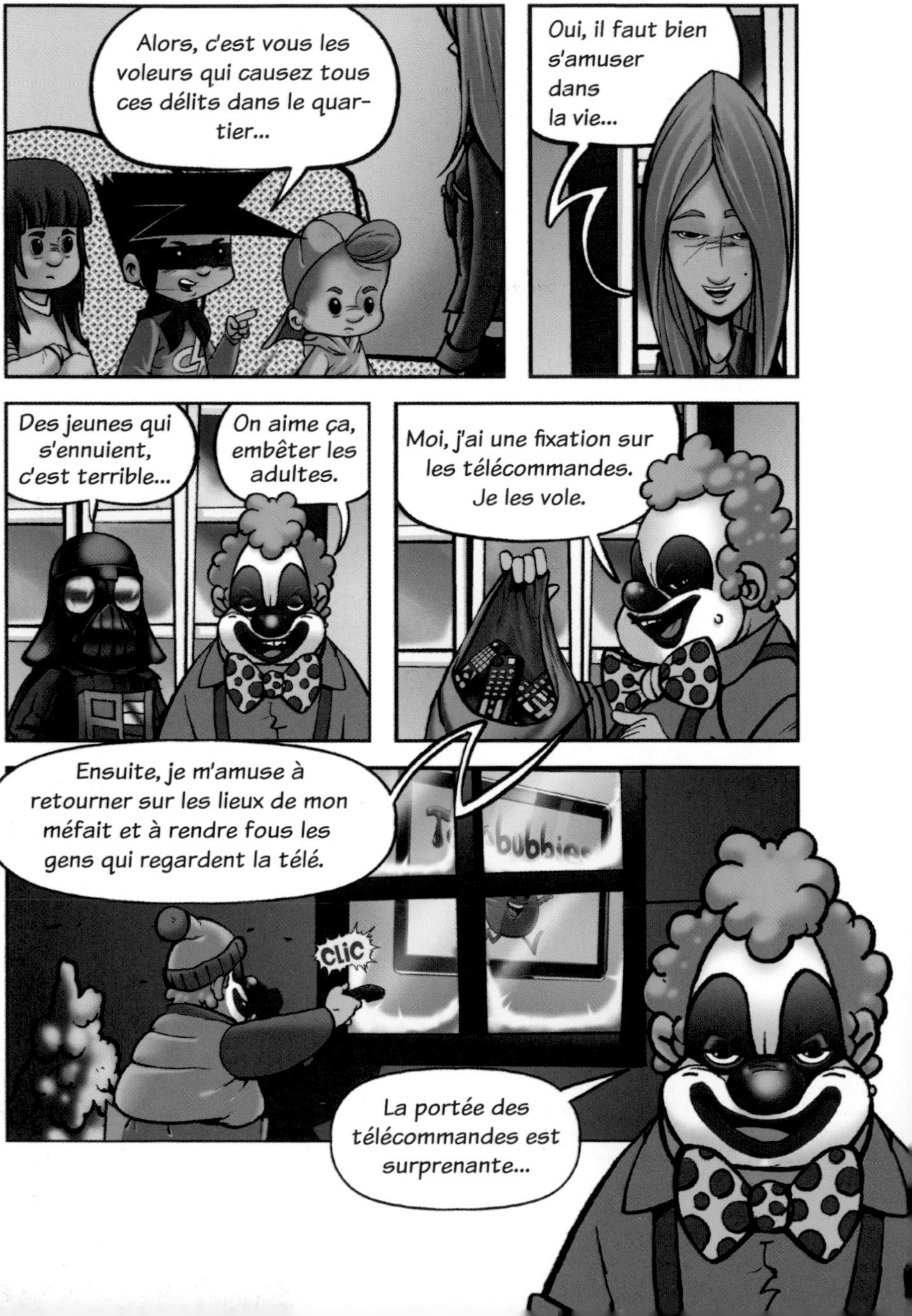
Alors, c'est vous les voleurs qui causez tous ces délits dans le quartier...
Oui, il faut bien s'amuser dans la vie...
Des jeunes qui s'ennuient, c'est terrible...
On aime ça, embêter les adultes.
Moi, j'ai une fixation sur les télécommandes. Je les vole.
Ensuite, je m'amuse à retourner sur les lieux de mon méfait et à rendre fous les gens qui regardent la télé.
CLIC
La portée des télécommandes est surprenante...

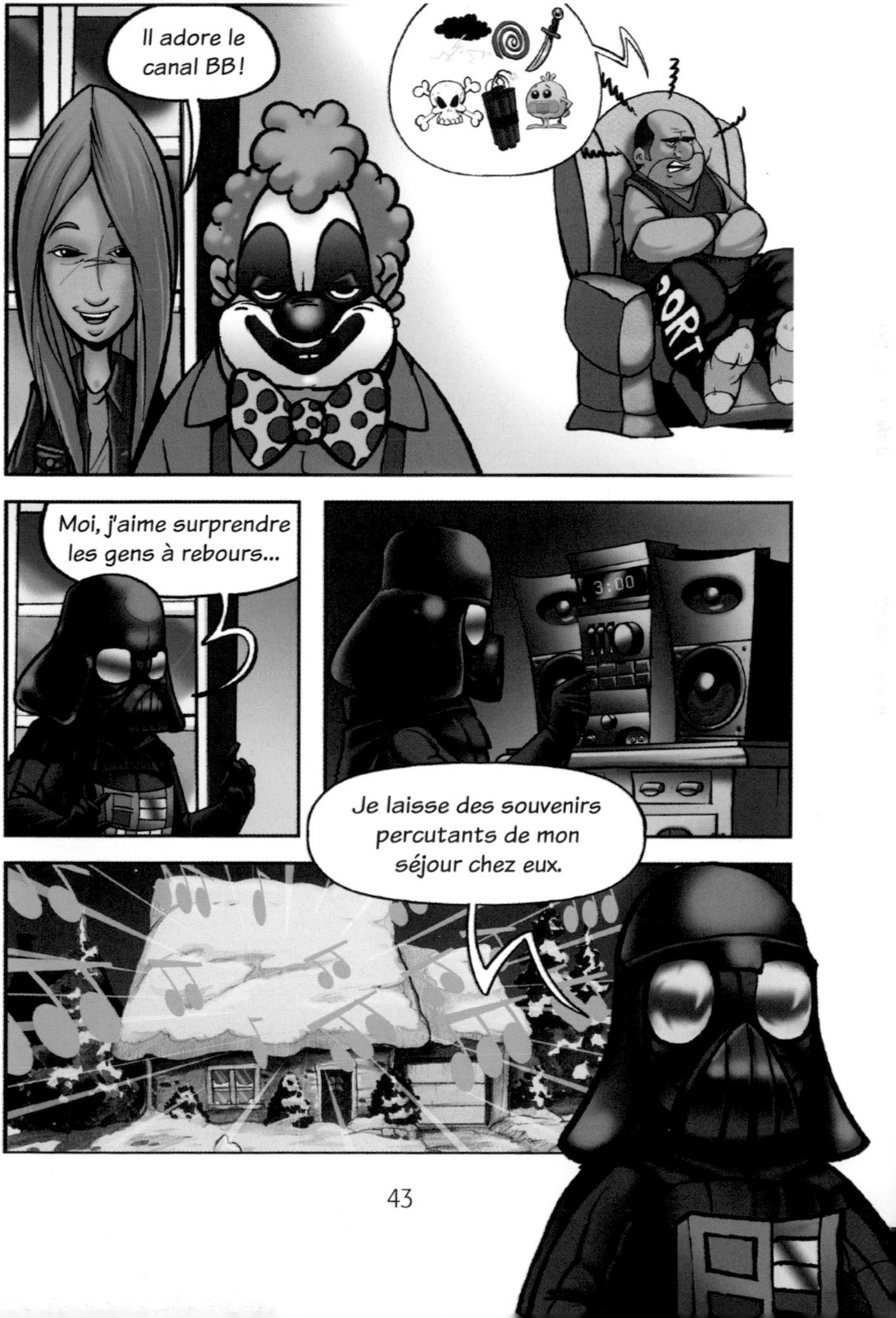
Il adore le canal BB!
Moi, j'aime surprendre les gens à rebours...
3:00
Je laisse des souvenirs percutants de mon séjour chez eux.

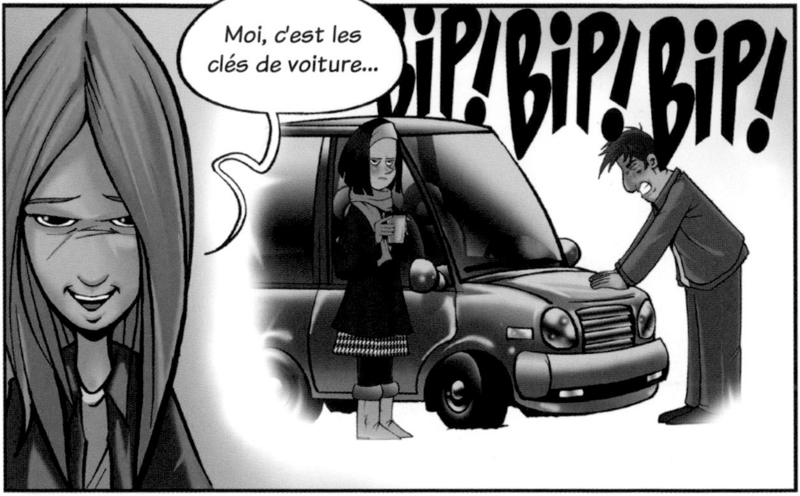
Moi, c'est les clés de voiture...
BIP! BIP! BIP! BIP!

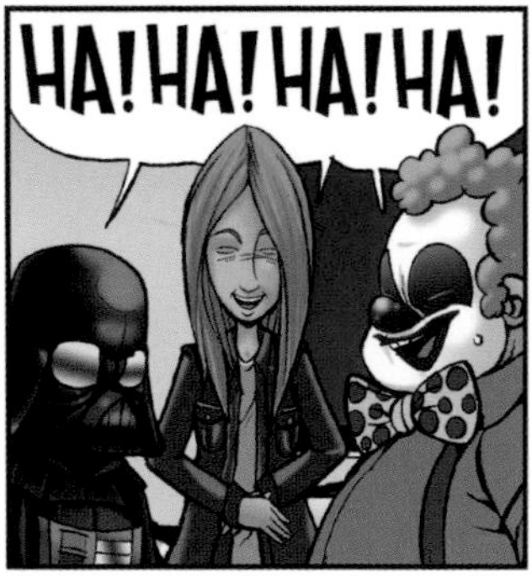
HA! HA! HA! HA!

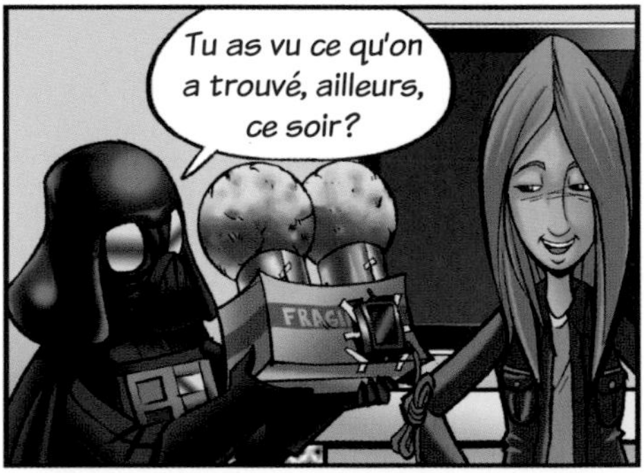
Tu as vu ce qu'on a trouvé, ailleurs, ce soir?
FRAGI

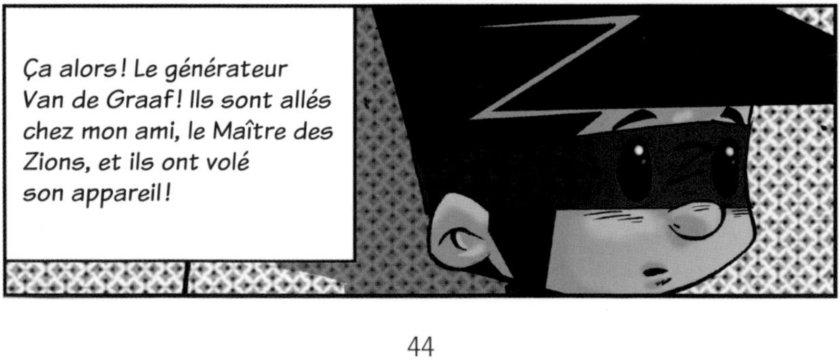
Ça alors! Le générateur Van de Graaf! Ils sont allés chez mon ami, le Maître des Zions, et ils ont volé son appareil!

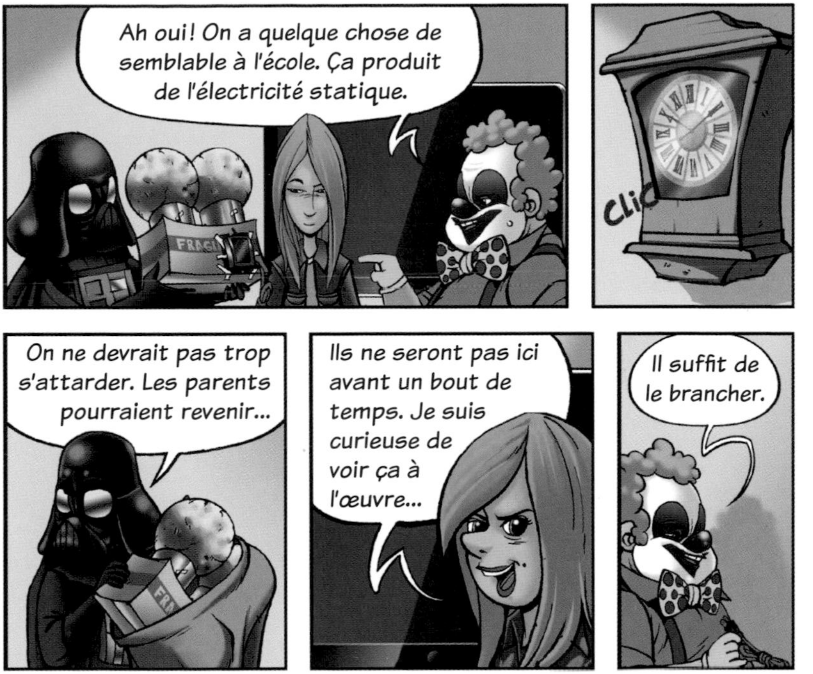
Ah oui! On a quelque chose de semblable à l'école. Ça produit de l'électricité statique.
CLIC
On ne devrait pas trop s'attarder. Les parents pourraient revenir...
Ils ne seront pas ici avant un bout de temps. Je suis curieuse de voir ça à l'œuvre...
Il suffit de le brancher.

Le générateur est posé sur la table du salon. Aussitôt en marche, il se met à grésiller. Le globe brille de mille étincelles.

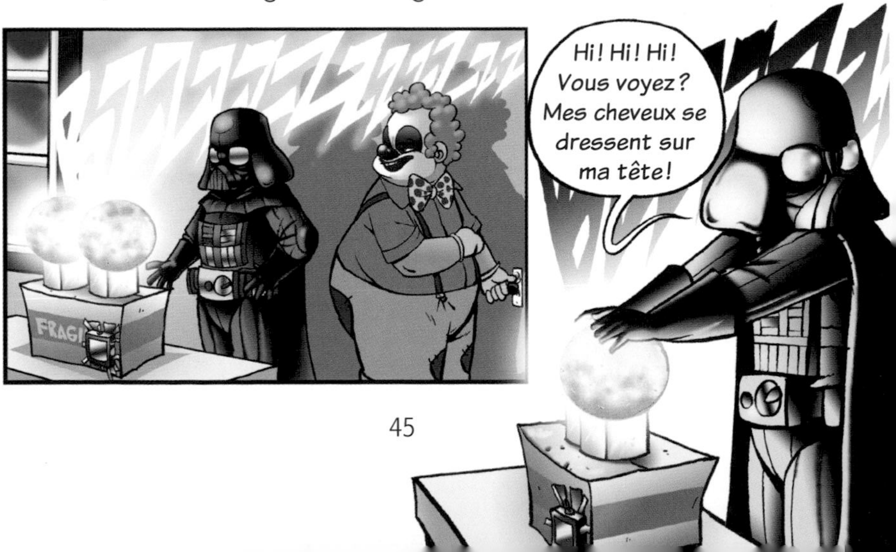
Hi! Hi! Hi! Vous voyez? Mes cheveux se dressent sur ma tête!

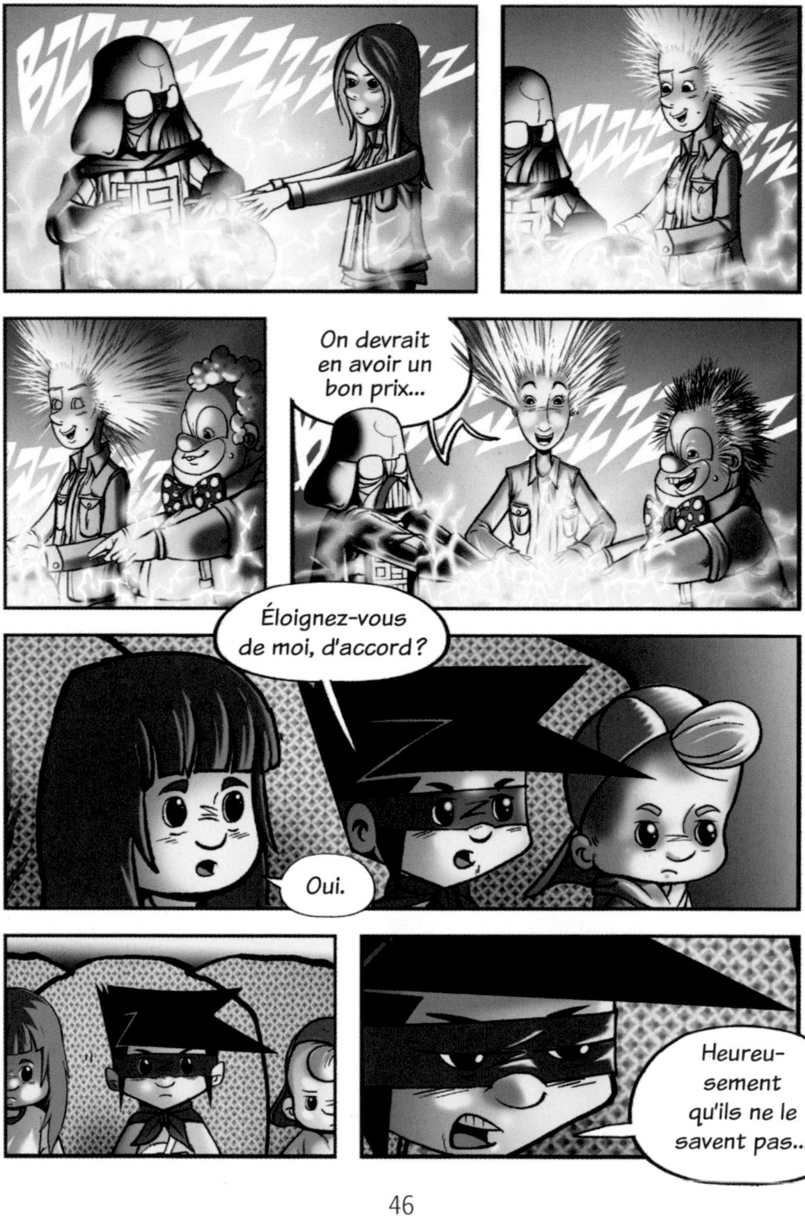
On devrait en avoir un bon prix...
Éloignez-vous de moi, d'accord?
Oui.
Heureu-sement qu'ils ne le savent pas...

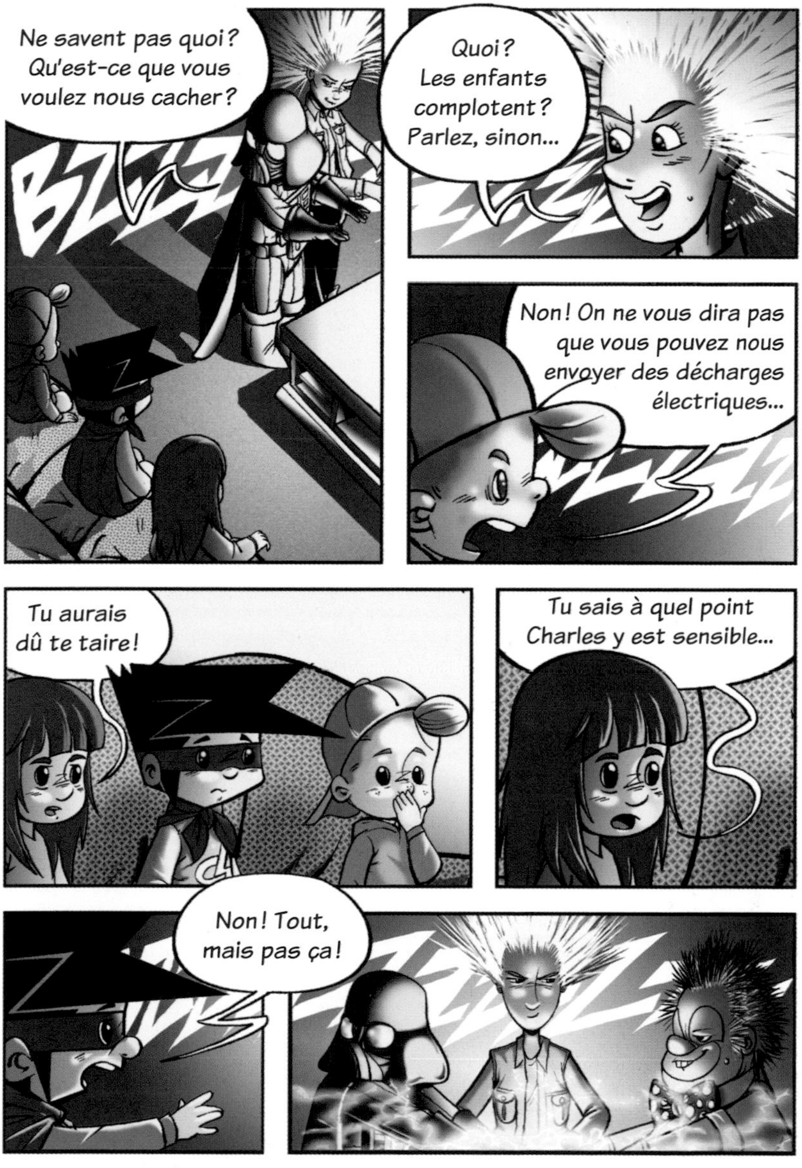
Ne savent pas quoi? Qu'est-ce que vous voulez nous cacher?
BZZZ
Quoi? Les enfants complotent? Parlez, sinon...
Non! On ne vous dira pas que vous pouvez nous envoyer des décharges électriques...
Tu aurais dû te taire!
Tu sais à quel point Charles y est sensible...
Non! Tout, mais pas ça!

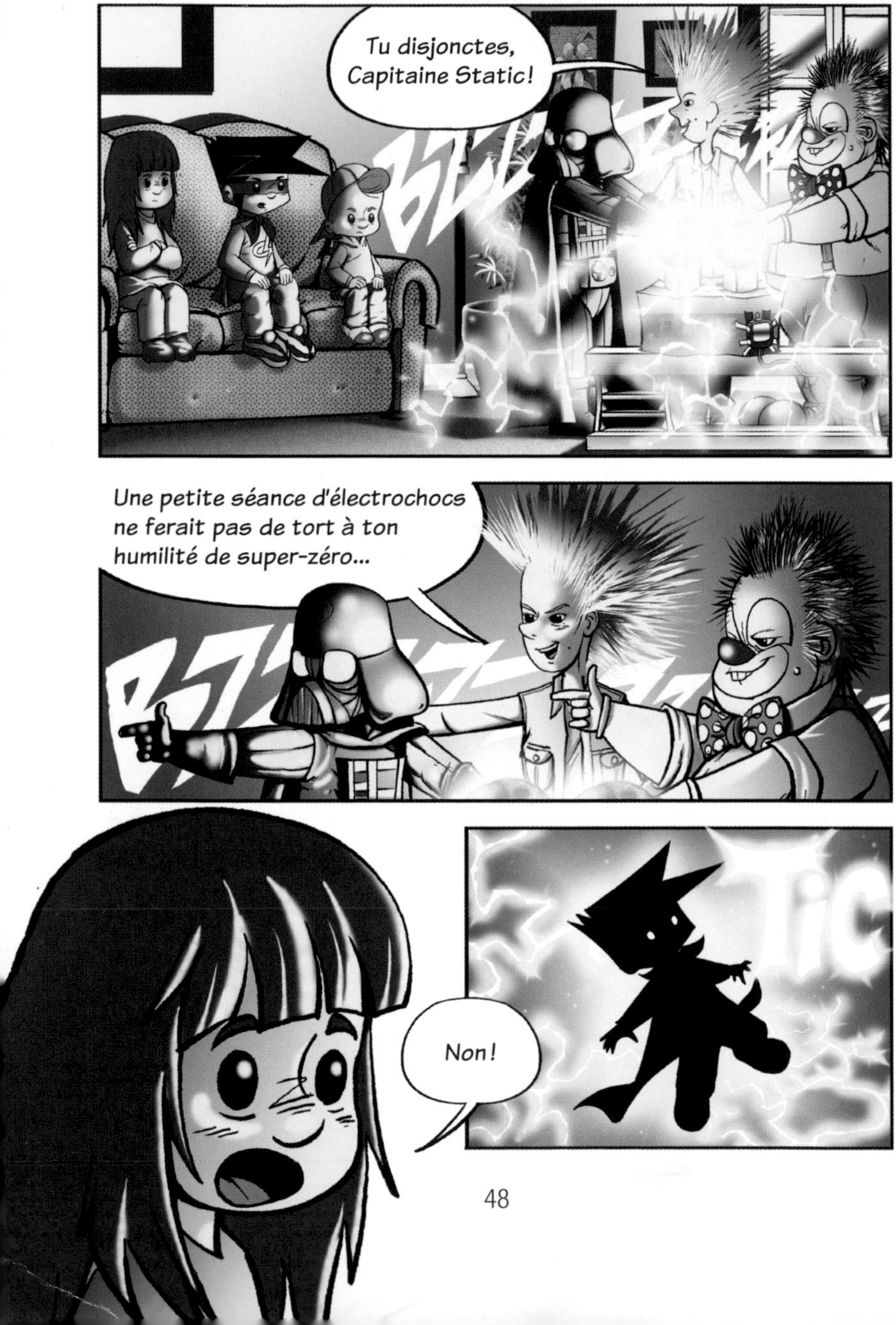
Tu disjonctes, Capitaine Static!
Une petite séance d'électrochocs ne ferait pas de tort à ton humilité de super-zéro...
Non!

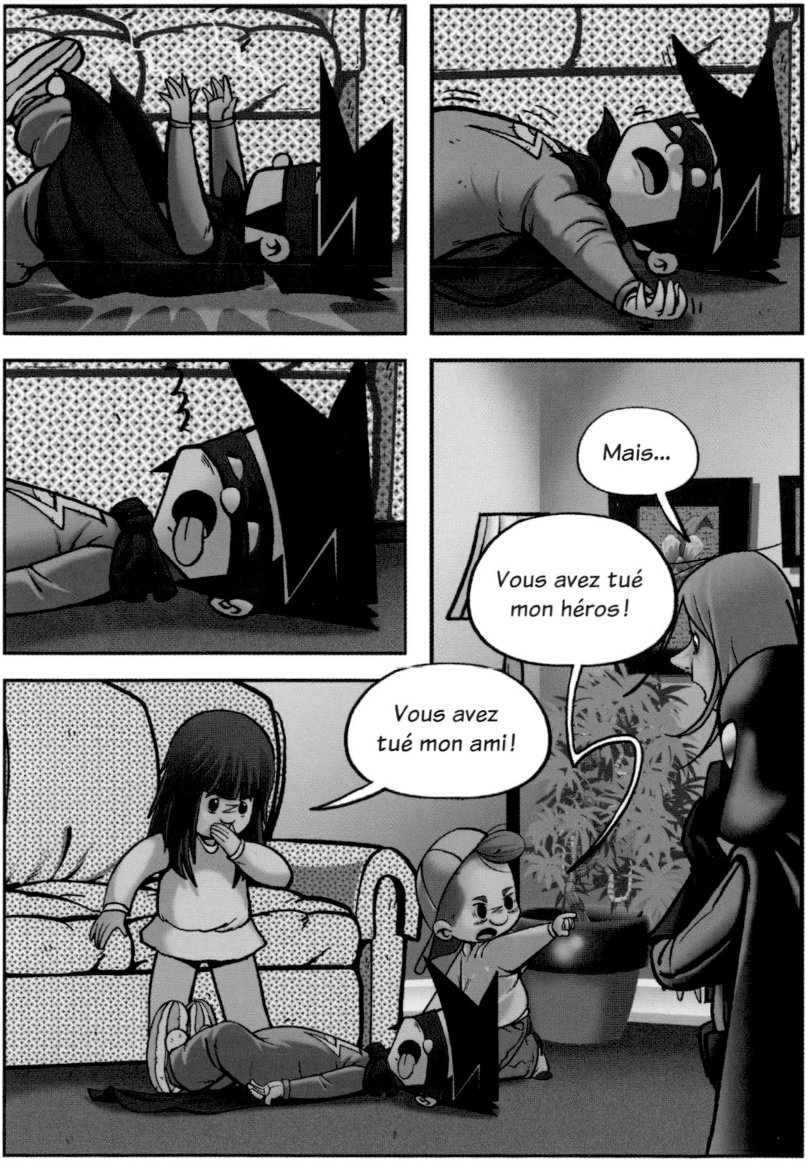
Mais...
Vous avez tué mon héros !
Vous avez tué mon ami !

Chapitre 5

Je gis sur le plancher, immobile, les yeux fermés, attendant la suite des événements. Le silence est retombé dans le salon, seulement troublé par le crépitement du générateur Van de Graaf.

Le p'tit gars s'est seulement évanoui.
La charge n'était pas si puissante.
Oui, mais elle était multipliée par trois, bande de brutes !
C'est un engin de mort, ça ! Moi, je ne m'attarde pas ici. Je ne tiens pas à être accusé du meurtre d'un enfant.

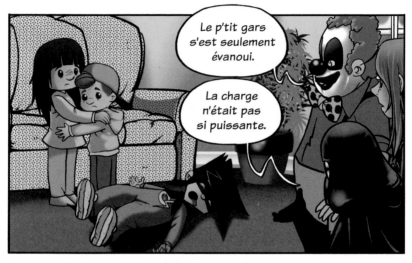

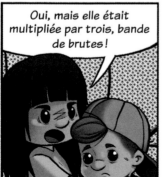

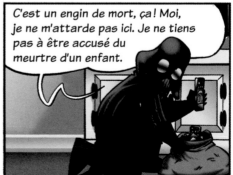

Je sens la gardienne près de moi. Elle me touche l'épaule et subit un choc.

Parfait. Je voulais vérifier l'effet de l'électrochoc sur moi. Je sais dorénavant ce que j'ai à accomplir. Je me relève vivement.

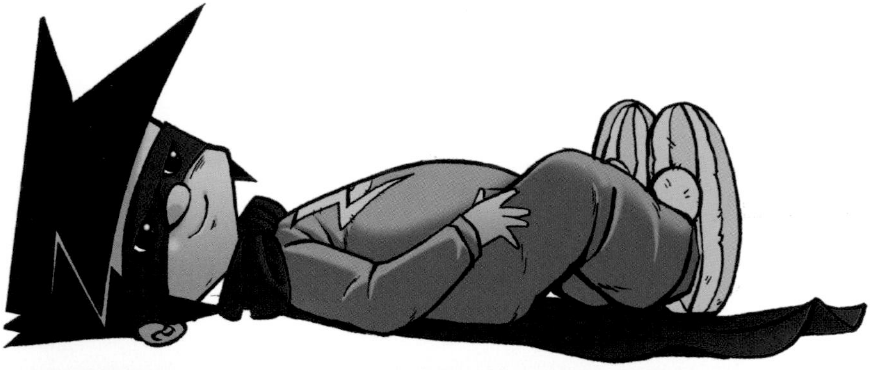

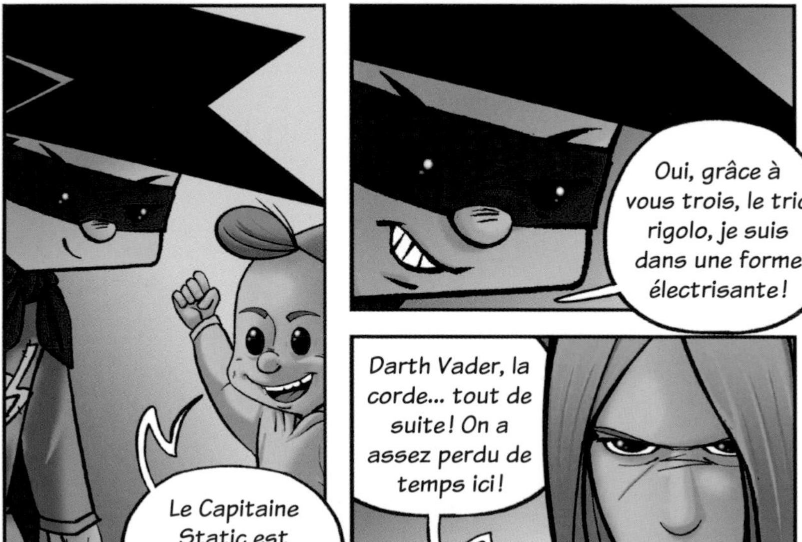
Le Capitaine Static est toujours vivant!
Oui, grâce à vous trois, le trio rigolo, je suis dans une forme électrisante!
Darth Vader, la corde... tout de suite! On a assez perdu de temps ici!

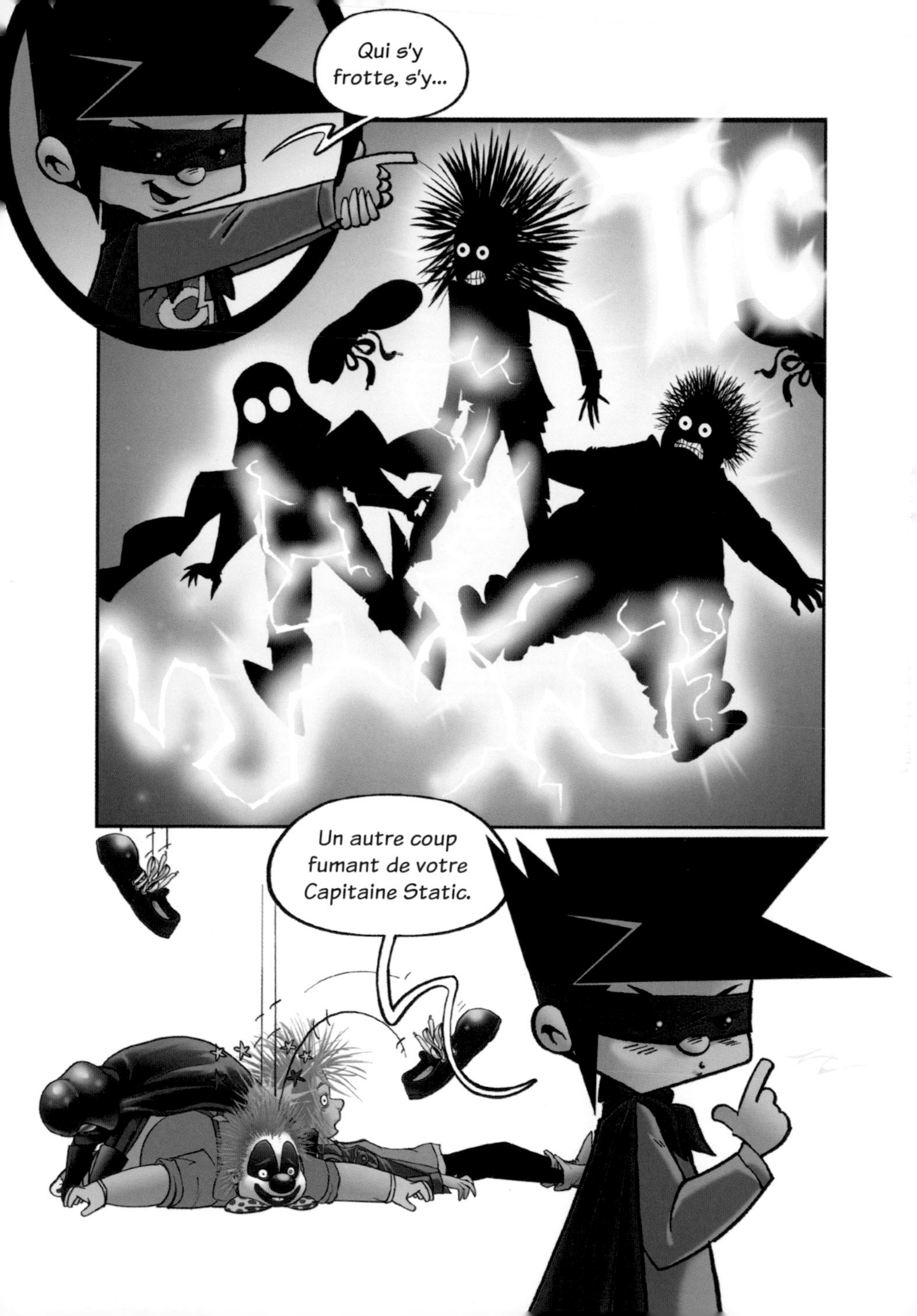
Qui s'y frotte, s'y...
Un autre coup fumant de votre Capitaine Static.

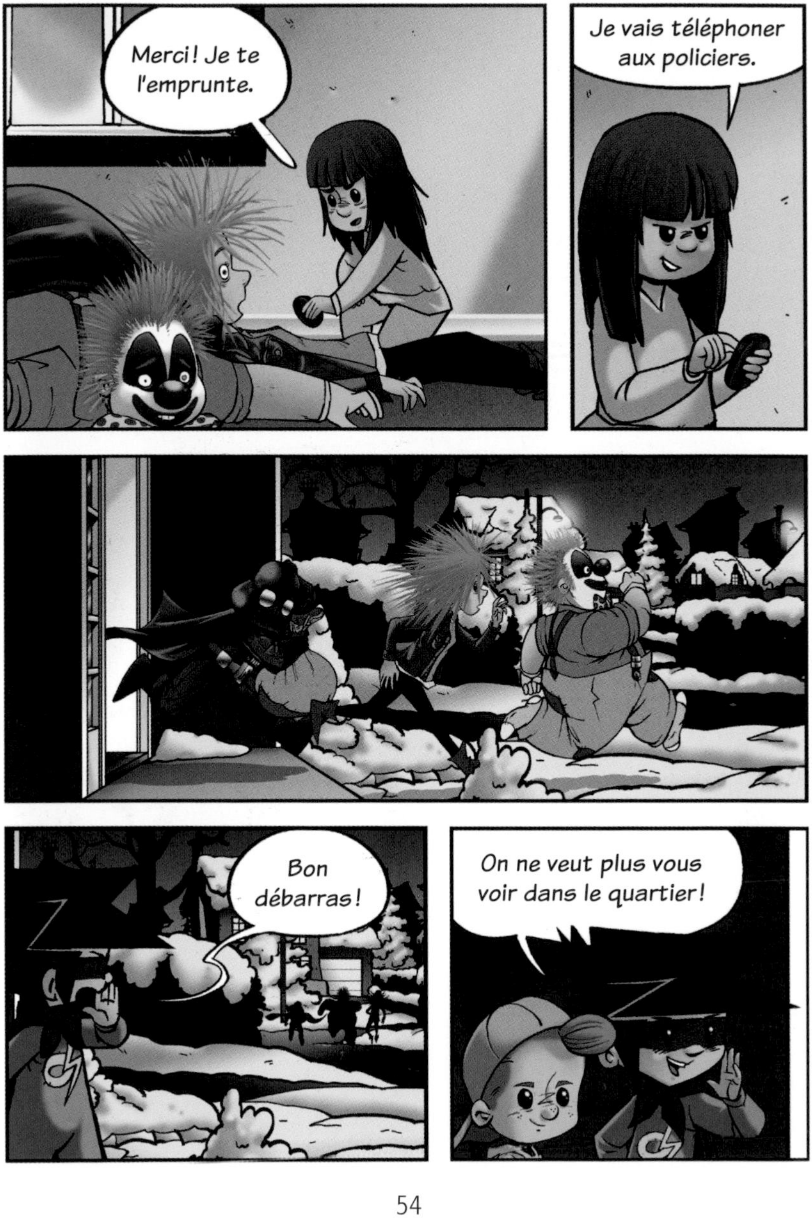
Merci! Je te l'emprunte.
Je vais téléphoner aux policiers.
Bon débarras!
On ne veut plus vous voir dans le quartier!

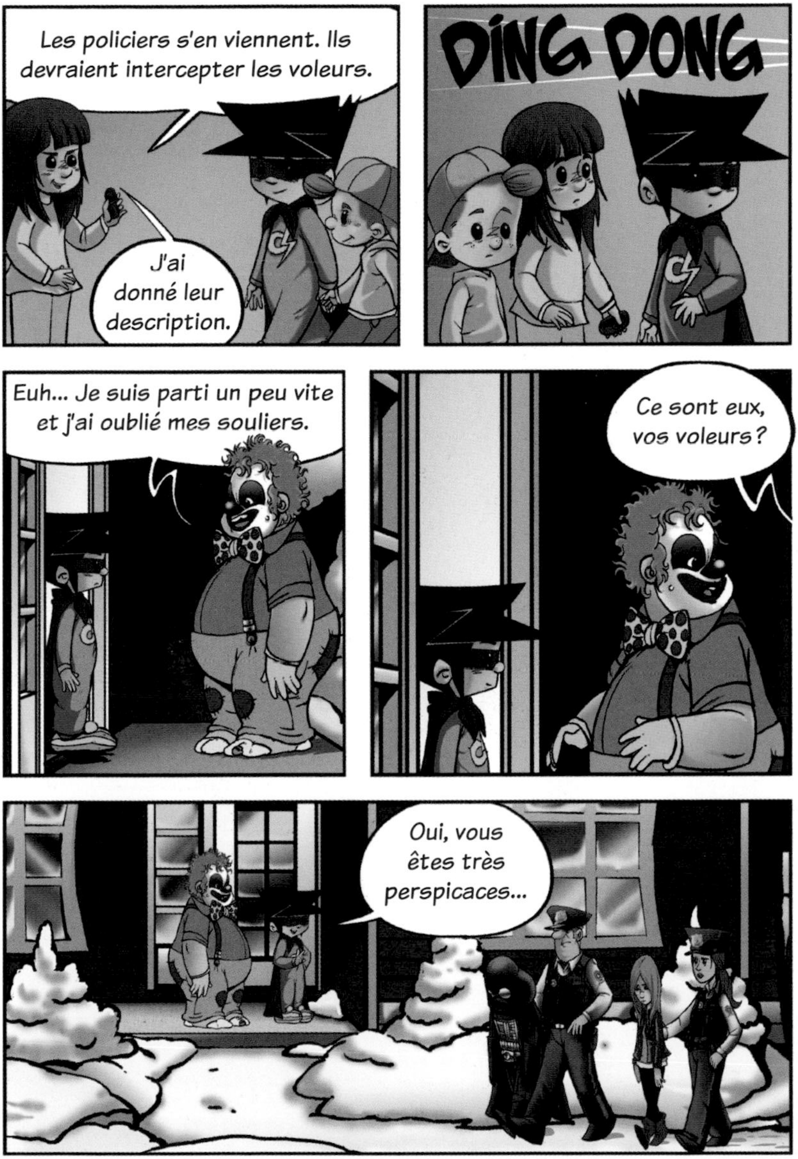
Les policiers s'en viennent. Ils devraient intercepter les voleurs.
J'ai donné leur description.
DING DONG
Euh... Je suis parti un peu vite et j'ai oublié mes souliers.
Ce sont eux, vos voleurs ?
Oui, vous êtes très perspicaces...

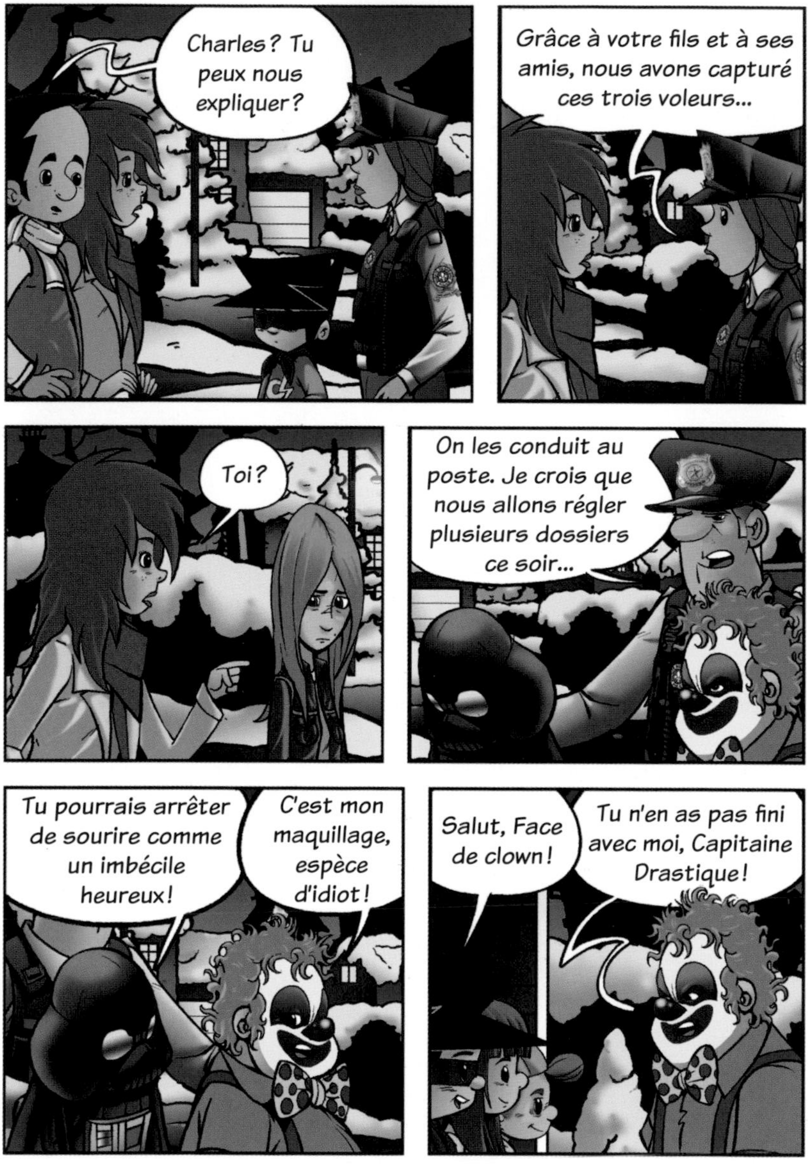
Charles? Tu peux nous expliquer?
Grâce à votre fils et à ses amis, nous avons capturé ces trois voleurs...
Toi?
On les conduit au poste. Je crois que nous allons régler plusieurs dossiers ce soir...
Tu pourrais arrêter de sourire comme un imbécile heureux!
C'est mon maquillage, espèce d'idiot!
Salut, Face de clown!
Tu n'en as pas fini avec moi, Capitaine Drastique!

Avant de quitter les lieux avec la policière, Rosalie se tourne vers moi. La gardienne affiche à mon endroit un regard admiratif.

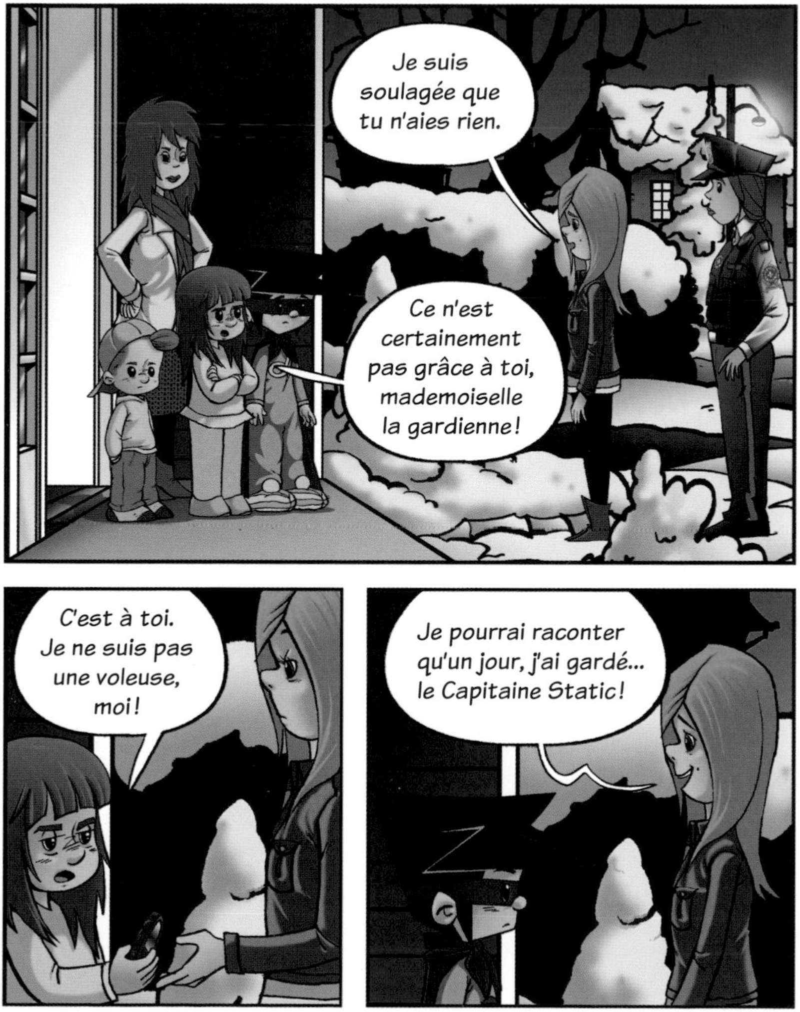
Je suis soulagée que tu n'aies rien.
Ce n'est certainement pas grâce à toi, mademoiselle la gardienne!
C'est à toi. Je ne suis pas une voleuse, moi!
Je pourrai raconter qu'un jour, j'ai gardé... le Capitaine Static!

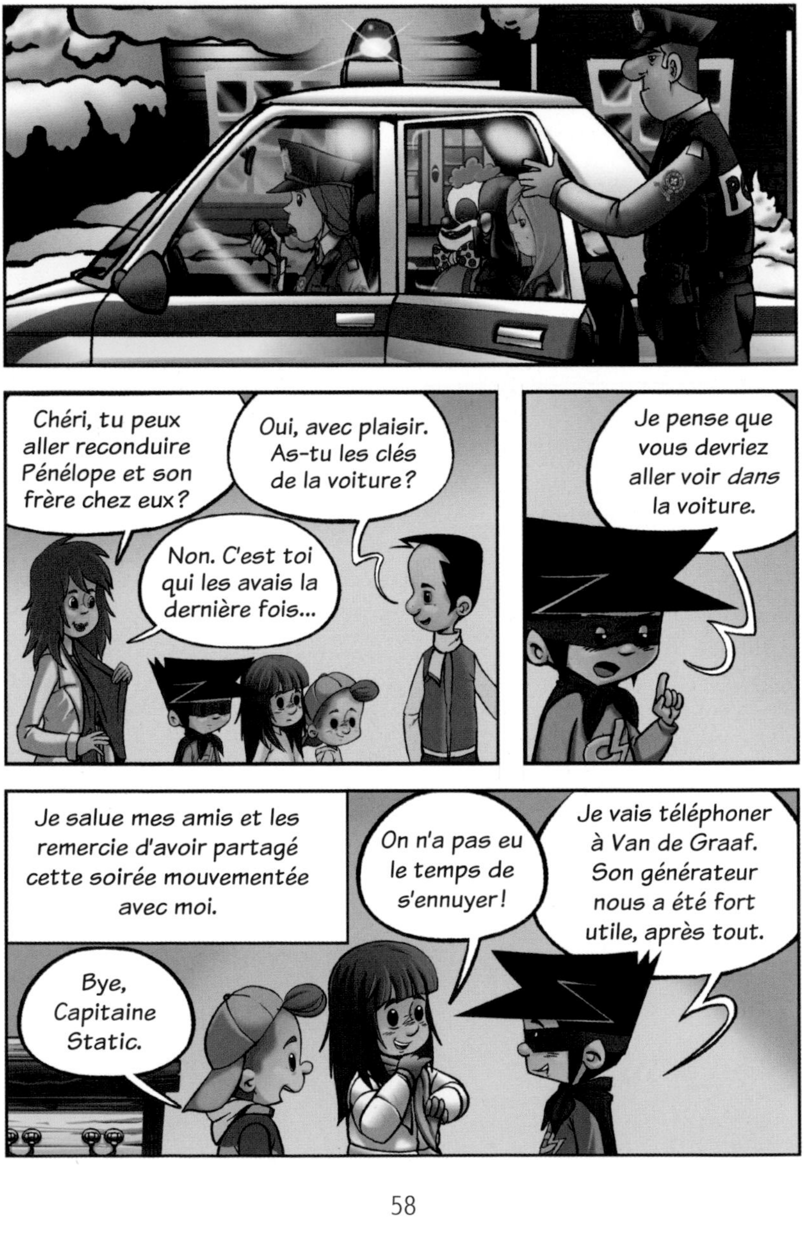
Chéri, tu peux aller reconduire Pénélope et son frère chez eux?
Oui, avec plaisir. As-tu les clés de la voiture?
Non. C'est toi qui les avais la dernière fois...
Je pense que vous devriez aller voir *dans* la voiture.
Je salue mes amis et les remercie d'avoir partagé cette soirée mouvementée avec moi.
Bye, Capitaine Static.
On n'a pas eu le temps de s'ennuyer!
Je vais téléphoner à Van de Graaf. Son générateur nous a été fort utile, après tout.

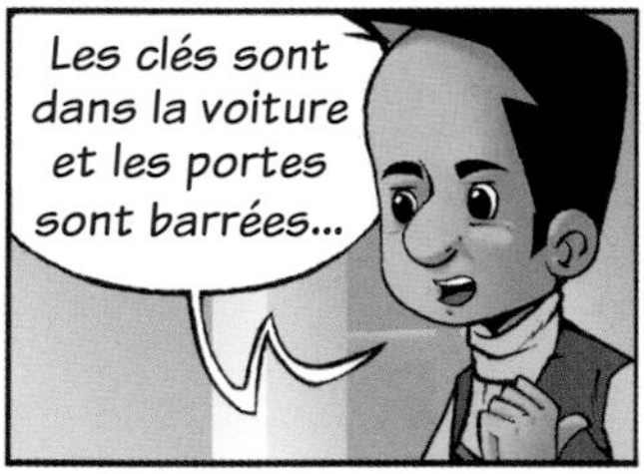
Les clés sont dans la voiture et les portes sont barrées...

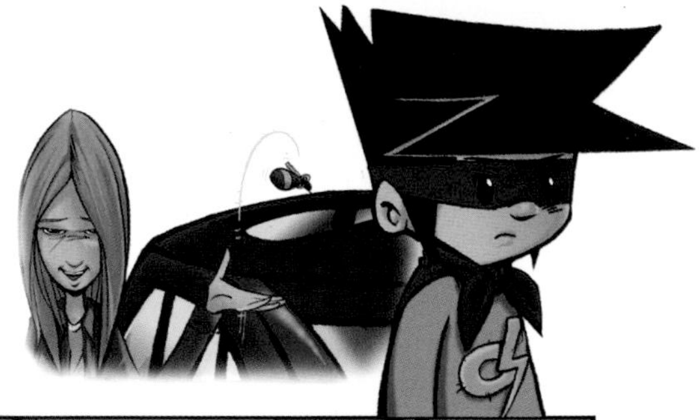

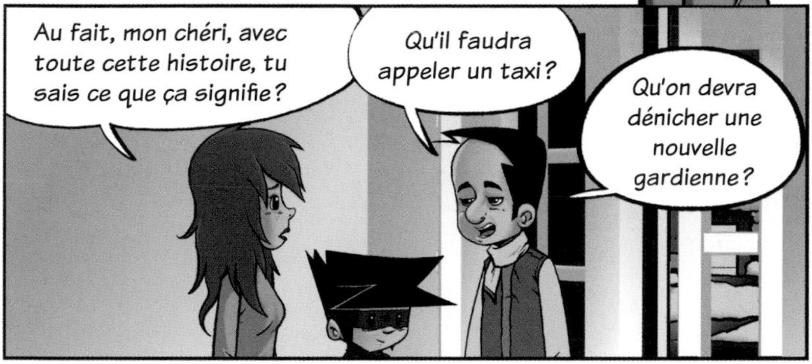
Au fait, mon chéri, avec toute cette histoire, tu sais ce que ça signifie?
Qu'il faudra appeler un taxi?
Qu'on devra dénicher une nouvelle gardienne?

Ma mère m'entoure dans ses bras. Ah! Quelle sensation agréable! Même les super-héros adorent les câlins d'une maman! Elle sent le parfum… baiser de vanille!

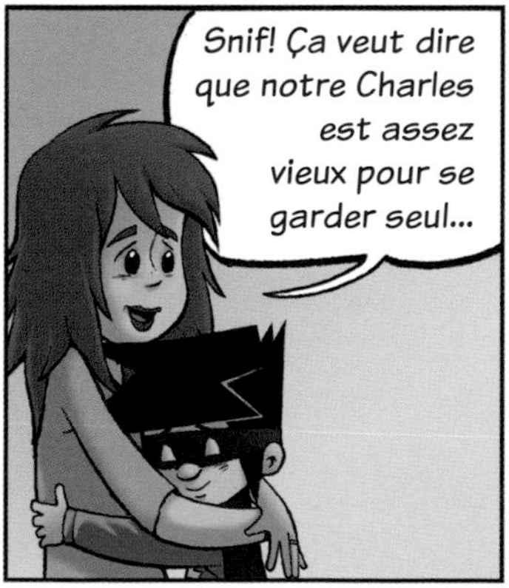
Snif! Ça veut dire que notre Charles est assez vieux pour se garder seul...

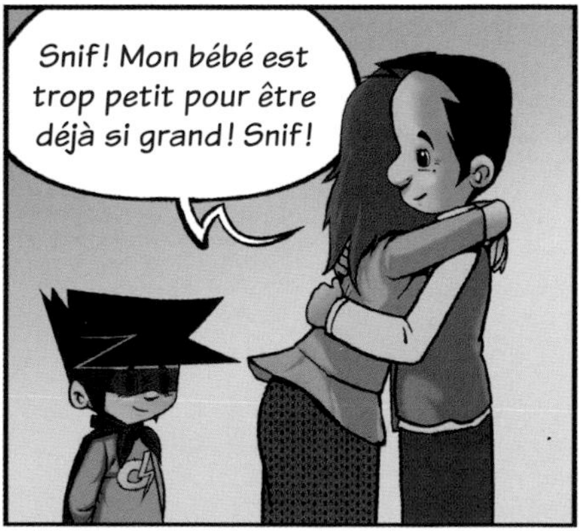
Snif! Mon bébé est trop petit pour être déjà si grand! Snif!

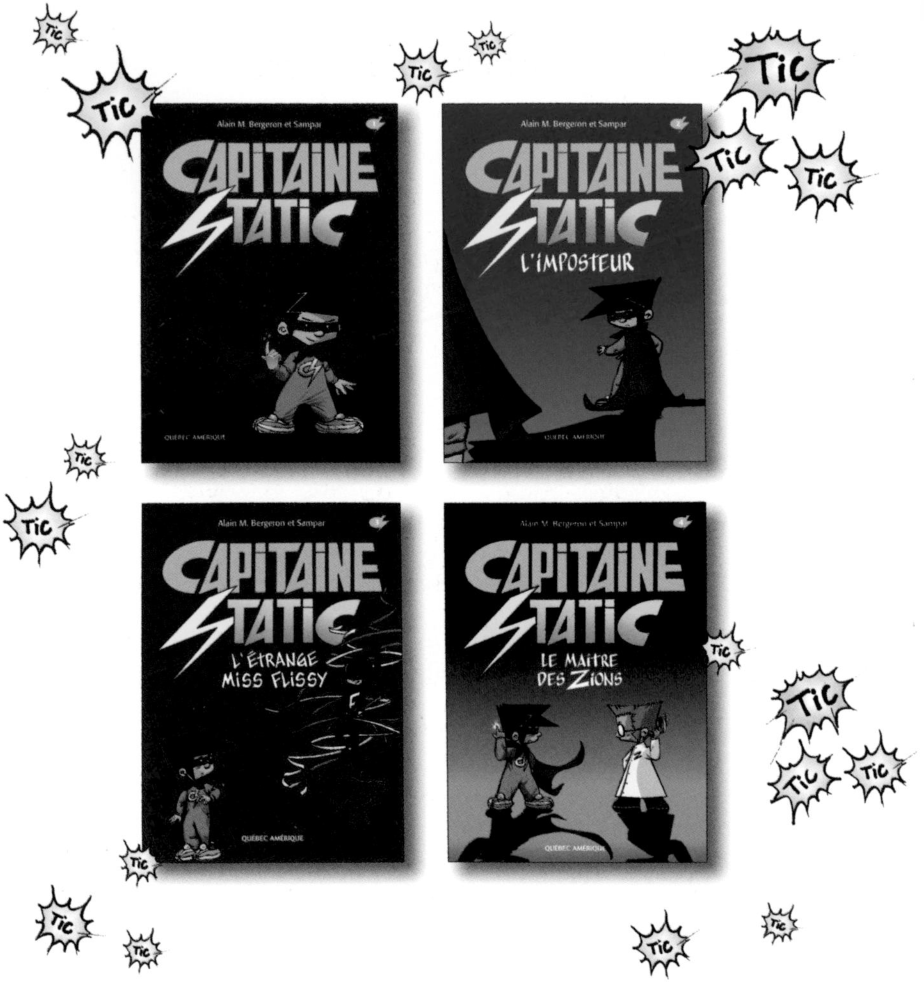
Tic
Alain M. Bergeron et Sampar
CAPITAINE STATIC
QUÉBEC AMÉRIQUE
Alain M. Bergeron et Sampar
CAPITAINE STATIC
L'IMPOSTEUR
QUÉBEC AMÉRIQUE
Alain M. Bergeron et Sampar
CAPITAINE STATIC
L'ÉTRANGE MISS FLISSY
QUÉBEC AMÉRIQUE
Alain M. Bergeron et Sampar
CAPITAINE STATIC
LE MAÎTRE DES ZIONS
QUÉBEC AMÉRIQUE

Capitaine Static

Grâce à ses pouvoirs, Charles Simard n'est pas un garçon comme les autres… mais un héros fantas… Tic ! Soyez-en avertis, qui s'y frotte s'y Tic ! Telle est la devise du Capitaine Static, la vedette d'une bande dessinée électrique !

Alain M. Bergeron

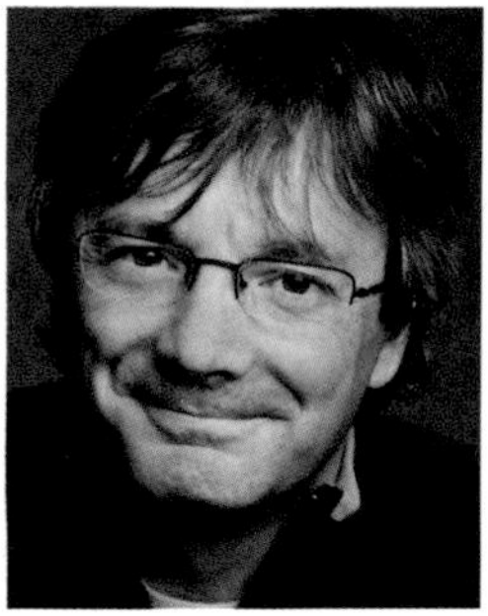

Photo : © Martine Doyon

Lorsque Alain M. Bergeron a décidé d'écrire des histoires pour les jeunes, il s'est fixé quelques buts. Pour commencer, il espérait avoir autant de livres que son âge. À 47 ans, il avait 47 livres publiés. Ensuite, il voulait compter autant de livres que son poids en kilos. Il a réussi en 2005 : 60 kilos, 60 livres. Il a atteint en 2007 l'objectif d'avoir autant de publications que l'âge de sa mère : 83 ans, 83 livres. L'année suivante, il franchissait le cap des 100 livres. Depuis, l'auteur est parvenu à rejoindre son poids en livres, soit 154, en 2011... Avec la série *Capitaine Static*, Alain M. Bergeron et son acolyte, l'illustrateur Sampar, réalisent un rêve d'enfance : créer leur propre bande dessinée.

Sampar

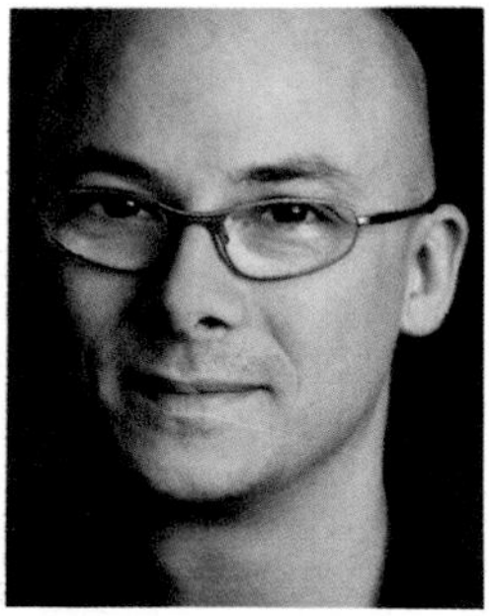

Photo : © Martine Doyon

Illustrateur complice d'Alain M. Bergeron, Sampar — alias Samuel Parent — est celui qui a donné au *Capitaine Static* sa frimousse sympathique. Dès la sortie du premier album, cette bande dessinée originale a obtenu un succès éclatant, tant auprès du jeune public que des professionnels de la Les illustrations humoristiques du petit héros attachant et sa bande y sont certainement pour quelque chose...

Visitez le site de
Québec Amérique jeunesse !

www.quebec-amerique.com/index-jeunesse.php